Bernadette Chovelon

« Dans Venise la rouge »

Les amours de George Sand et Musset

赤く染まるヴェネツィア

サンドとミュッセの愛

ベルナデット・ショヴロン［著］

持田明子［訳］

藤原書店

Bernadette CHOVELON

«DANS VENISE LA ROUGE»
Les amours de George Sand et Musset

「ヴェネツィアの恋人たち」

上　**ジョルジュ・サンド**——ミュッセによるデッサン、1833年
下　**アルフレッド・ド・ミュッセ**——ミュッセがサンドに贈った写真

ヴァネツィアへ

船酔いするミュッセ——
ジェノヴァに向かう船上で（ミュッセ画）

ヴェネツィアのダニエリ・ホテル——
サンドとミュッセが滞在した、カナーレ・グランデ（大運河）に面した部屋

ダニエリ・ホテル——三階の右の二つの窓が二人の滞在した部屋

カナーレ・グランデ（大運河）
——二人はよくゴンドラに揺られた

サン=マルコ大聖堂——
見事なモザイク画はサンドに小説のかつてない主題を与える

ピアッツェッタ（小広場）——
ヴェネツィアのシンボル「翼のあるライオン」を戴く円柱のあるこの広場はヴェネツィアの人々の約束の場所

「ある夕べ、ミュッセは、長いドレスを着て、リボンをあしらった帽子をかぶっているジョルジュを素描する。彼女は広い並木道で二人の子供の手を引いている。これが、若い母としてのオロール〔サンド〕の唯一の肖像である」——本文24頁より

「数週間かけてドラクロワが制作した肖像は、この悲嘆に暮れた女性の痛切な思いを正確に伝える。涙にうるんだ目、空に向けられたまなざし、スカーフで少しばかり隠されてはいるものの、不ぞろいにひどく短く切られた髪。……」——本文 179-180 頁より

ピエトロ・パジェッロ——
「整った顔立ちの、非常に美しい青年」（ポール・ド・ミュッセ）

扇を持ったサンド——ミュッセ画、一八三三年

スタンダール
「ミュッセの方は鉛筆とノートを素早く取り出し、踊っているスタンダールのかなり無慈悲な戯画をかきつける。宿屋のスケッチから田舎風の家具や、相当に酔っぱらっている、この太った好人物を前にして、用事の最中に立ちすくみ、こぶしを腰に当て、びっくり仰天している下女たちの姿が目に浮かぶ」——本文 45 頁より

赤く染まるヴェネツィア／目　次

プロローグ――出会い　7
第一章――世紀児　22
第二章――旅立ち　41
第三章――「ヴェネツィアの恋人たち」　65

第四章――インテルメッツォ　112

第五章――別れのとき　161

エピローグ――文学のなかに　188

訳者あとがき　216

装幀　毛利一枝

赤く染まるヴェネツィア

サンドとミュッセの愛

プロローグ――出会い

赤く染まるヴェネツィアに
一艘の舟とて動かず
一人の釣人とて水面《みなも》になく
いさり火もない
アルフレッド・ド・ミュッセ

一八三三年六月十九日、リシュリュー街百四番地のレストラン、ロワンティエで宴席が始まろうとしている。フランソワ・ビュロが彼の雑誌の寄稿者や作家たちを晩餐会に招待したのだ。

ビュロはこの当時、パリでもっとも権威ある出版者の一人であり、文壇の傑出した人物であった。サヴォワ地方のつましい百姓の倅が果たしたこの出世は、仕事の上での驚嘆すべき手腕、そして何よりも、彼が世に出す人間にベストセラー作家となる資質を揺るぎない判断で見抜く、天才的な直観力のおかげである。最近、彼は廃刊寸前であった小さな雑誌を蘇生させた。これはやがて、彼の指揮の下に名高い『両世界評論』誌となり、ロマン主義文学のもっとも有名な作品を連載小説の形で発表することになろう。この前年、彼は、デビューしたばかりの若きジョルジュ・サンドと契約を結んだ。その最初の二作、『レリア』と『アンディアナ』は、女性の書いたものに関心を寄せる習慣などまるでなかった読者を熱狂させたとは言わないまでも、驚愕させた。一方、同じ年の八月十五日、ビュロは『クロニク・ド・ラ・キャンゼーヌ』誌の編集者のポストにミュッセを指名していた。

したがって、この日の晩餐会は、文学の庇護の下にあった。パリの名士である名高い作家たちが招待されていたからである。サンドはただ一人の女性であった。ビュロは彼女を自分の右側に座らせる。面白がらせる意図がないわけではなく、ジョルジュのもう一方の隣は会食者たちの中で最年少のアルフレッド・ド・ミュッセにする。二人とも隣り合わせになったことがうれしく、光栄だと言う。ビュロの目には、想像力にみち溢れている若い女性の芸術家と、ダンディーらしい物腰の上品な子爵との出会いは妙味を十分に持っているにちがいない。だが、半年後には、十九世紀のもっとも有名なものの一つとなるロマン派劇の第一幕が、この夜、演じられることを予想してはいない。

サンドとミュッセはこれまで一度も顔を合わせたことがなかったが、ともに相手の作品に感嘆している。二人は晩餐の間じゅう、少なくとももうべでは、文学の話をした。というのも、各々の人物の心理分析と見せかけて、かろうじてヴェールで覆ったたくさんの打明け話がなされたからである。アルフレッド・ド・ミュッセは話し上手である。人前では常に控え目なジョルジュは、誘惑したい気持ちを言葉を使うよりもっと雄弁に表現するように、相手を凝視する。いつものように、彼女の服装はひどく優雅で、個性的だ。宝石をはめ込んだ小さな短剣をベルトに挿していたが、この短剣がミュッセの関心を大いに引いた——すでに多くの男性の好奇心をそそったように。今晩は誰の心をこの短刀で突き刺そうと思っているのか？　彼であるかも知れない。どうしてそうでない訳があろう？

ミュッセはすらりとした体つきを優雅に強調する上着と、流行に倣《なら》って、ぴったり合ったスカイブルーのズボンという装いである。彼は隣の女性の「黒いビロード」のような目、漆黒の長く豊かな髪、くすんだ色の肌に魅せられる。ずいぶん前から彼は「褐色の髪、青ざめ、オリーヴ色がかった肌、ブロンズ色の艶、そして途方もなく大きな目」の女性が好きだった。見つめれば見つめるほど彼女は、彼がいくつかの作品のなかで愛し、讃《たた》えた、粋《いき》で、官能的で、大胆なアンダルシアの女性に似ているように思われた。もっともピレネー山脈を越えたことは一度もなかったが。

バルセロナで、あなたはお会いになっただろうか
日焼けした胸の　アンダルシアの女《ひと》に？
秋の日の美しき宵の　蒼白さ……

晩餐の間じゅう、ジョルジュは控え目な態度をくずさず、二人がともに熱中している絵画や文学、音楽、そして演劇について語る若き詩人の言葉に耳を傾ける。多くの知的な共通点が初めて言葉を交わした時から二人を近づけた。たがいによく似ていること、考え方や言葉が一致していることを即座に認め合う。二人とも人生や恋やロマン主義に夢中になっている。二人とも絵筆もとれば素描もする。彼女は彼の巻き毛の金髪とまだひどく子供らしい笑顔にうっとりする。彼は、時々悲しみの謎めいた表情をかすかに浮かべる。スペイン女のようなまなざしに自分が動揺しているのを感じる。アルフレッドは二十三歳。ジョルジュは六歳年上。二人はともに、波乱にみちた、悲しい過去を持っている。世間は大いに噂した。ともに淋しい心で、新しい恋が始まることを、生命と情熱が再び燃え上がることだけを待ち望んで

いる。

「ジョルジュ・サンド」はペンネームである。本名は間違いなくもっと優雅な、オロール。何年か前の一八二二年、彼女は「休職中の」少尉、カジミール・デュドゥヴァンと結婚した。確かに恋愛結婚であった。最初の何年間かはすっかり夢中になって、情熱に燃えた手紙を書いた。だが、彼女は本当に、この夫――若くして身寄りを失い、悲嘆に暮れている彼女に愛情のこもった、まるで父親のような手を差し伸べることのできたただ一人の男性を「選んだ」のであろうか? 結婚の喜びは瞬《また》く間に残酷な失望に取って代わられた。オロールは知的で創造的な、ある種の協力のない夫婦、情熱的なやり取りや燃えるような日々のない夫婦を想像していなかった。ああ! 彼女の善良な夫は野原や上等のワインや狩猟、小間使いたちにしか興味を示さなかった。話題が芸術や哲学の考察に及ぶと、たちまち眠ってしまう。さらに悪いことに、妻が夫のためにピアノを弾くと、いびきをかいた! 彼女は夫と一緒にいて悲惨なまでに退屈した。死にたいという欲求がたびたび頭をかすめ、悲痛な思いに沈み、絶望の発作に見舞われた。夫婦の間に「重い翼を持った倦怠」が忍びこんだ。これが生涯、続くのだろうか?

とはいえ、六月十九日の晩餐会ではわずかに話しただけであるが、彼女には二人の可愛らしい子供がいる。まじめで、分別があり、すでに芽生えている芸術家らしい感受性で非常に魅力的な、十歳になる長男のモーリス。アンリ四世校の寄宿生であるが、この学校の絶対的規律に縛られた厳格な生活に嫌悪感を抱いている。金髪で、ふっくらした顔、人見知りせず、よく笑う五歳の娘ソランジュ。自由気ままで、友情や芸術を第一にして暮らす母の傍にいる。一八三三年、オロールはすでに数年前から夫と別居していた。パリで若い芸術家たちと一緒に波乱に富んだ生活を送っている。外見上は喜々としているが、アルフレッド・ド・ミュッセに出会う数週間前、こう認《したた》めた。

「私の心は二十歳も年老いてしまった。私に微笑みかけてくれるものはもうなに一つない。私にはもう激しい情熱も、強烈な喜びもない。すべてが決められている。私は危機を乗り切った。今は安息の地にいる。（……）砂の上に座礁して、そこにとどまらなくてはならないのに」

彼女の最近の恋人たちについてさまざまに伝えられた。たとえば、名前の半分を借りたジュール・サンドー。彼女は彼の怠惰に耐えられず、見捨てた。あまり感傷的でない彼は悲しみと、彼にとっては力量と生きることへの意欲に恵まれすぎていた愛人を忘れようと、ほどなくイタリアに向けて旅立った。プロスペル・メリメとは、好んで文学や芸術を語った、だが、恋愛は残酷な失敗に終った。その代わりに、ギュスターヴ・プランシュが得がたく、有能な友人であることが明らかになった。作家で、彼女と同様、自由気ままに暮らしている彼は『レリア』の校正を手伝った。それから、女優のマリー・ドルヴァルとジョルジュはしばしば会う。ロマン主義演劇のすぐれた演技者であり、彼女の最良の女友達であり、ヴィニーの愛人であった。この女友達に彼女はこれまでの恋愛について包み隠さず話した。マリーは聞きたがる人間には誰にでも、メリメとのジョルジュの失敗談を繰り返した。許してやらねばならなかった。

彼女が誰よりも信頼して、秘密を打ち明けられる相手は紛れもなくサント＝ブーヴである。彼女と同い年の彼は、ユゴー夫妻と親しいことが知れわたり、文壇に迎えられた。世間の噂では、アデル・ユゴーの愛人ということではないか？　彼は目下、『両世界評論』誌の批評を担当しており、彼が評価を下す作家達と個人的関係を結ぼうと努めている。親友ジョルジュの深い苦悩を察し、新しい友人を紹介しようと、いく度も持ちかけた。彼女はこうした出会いの後に幻滅が繰り返されることにうんざりして、そのたびに申し出を辞退した。一八三三年三月十日、サント＝ブーヴに書く。

「ところで、よく考えてみましたが、あなたがアルフレッド・ド・ミュッセを私の許にお連れになることはお断りします。彼はたいそうダンディーですから、私達は気が合いませんわ。彼に会いたいというよりも、好奇心の方が大きかったのです。好奇心をことごとく満足させようとするのは軽率なことであり、共感に従う方が好ましいと思います。ですから、彼の代わりにデュマをお連れくださるようお願いいたします。才能を別にすれば、この人の芸術には魂があると思います。彼は私に会いたいと言いましたから、私からとしてちょっと話してくだされば十分です。でも、最初はご一緒にいらしてください。私にとって最初がいつも運命を決めるからですわ」

サンドがミュッセに初めて会った時、「初対面」ではいつもそうするように、彼を観察するにとどめた。じっさい、まさにこの控え目な態度で、誘惑の第一ページが巧みに描けることを彼女は心得ている。したがって、彼の話に耳を傾け、その雄弁で色彩豊かな描写が彼女のなかに逃避と夢想の欲求を生じさせた『スペインとイタリアの物語』への賛辞を述べるにとどめた。

アルフレッド・ド・ミュッセ——この詩人についてサント＝ブーヴは『月曜閑談』で、「一見したところ、彼以上に若々しい天才を思わせる者は一人としていない」と書いた——は一八一〇年、モベール広場近くの瀟洒《しょうしゃ》な邸宅で生まれた。彼の先祖には、ジョルジュ・サンドが相当に誇りに思っている曽祖父のモーリス・ド・サクスの戦友であったアレクサンドル・ド・ミュッセという人物がいる。最初の話題が二人を近づける。アルフレッドの父は子供達、つまり二人の息子と一人の娘に文芸に対する深い愛着を伝えた。彼はじっさい、生涯の十年間をジャン＝ジャック・ルソーの全二十二巻という記念碑的な『全集』の出版に費し、次いで、『ジャン＝ジャック・ルソーの生涯と著作』を著わした。ジョルジュもまたルソーの最も忠実な信奉者の一人に教えられている。父方の祖父はジュネーヴの哲学者の心を許した友ではなかったか？　彼女にとって子供達の教育は『エミール』抜きには考えられない。彼女はそこに盛られたあらゆる方針を正しく取り入れる。そして『告白』の中でイタリアに言及した箇所を読んで、夢想にふけった。

アルフレッドはまず医学を学び始めたが、解剖の授業が彼の感受性には耐えがたいことを理由に、早々と断念した。ジョルジュもまた医学に熱中し、関心や楽しみからばかりでなく、ベリー地方の百姓達への奉仕から、彼女なりのやり方で実践している。ミュッセが話す医学生流の昔の冗談を面白がって聞いた。

ミュッセは前年、父を失っていた。一八三二年、猛威をふるったコレラに一夜にして命を奪われた。若い詩人は激しく動揺し、その悲しみを紛らすためにアルコールに溺れた。オロールもまた、子供の頃、父を突然、失った。幼い息子の死という、彼を襲ったばかりの不幸をほんのひとときでも忘れさせてやろうと、友人達が招いた晩餐会からの帰途、落馬して命を落とした。父が突然、この世から姿を消すことで心のなかにどれほど大きな空洞ができ、癒やされることがないか、彼女は十分に知っている。

『両世界評論』誌を発行するフランソワ・ビュロと契約を結び、アルフレッドは初めて定職に就いた。確かに報酬はわずかであったが、十分に名誉あるもので、著名な作家達の家に迎えられることになった。ノートル＝ダム＝デ＝シャン街のヴィクトル・ユゴーの家に、彼は詩人としてばかりか、昔からの友人として迎えられた。彼はアデル・ユゴーの弟、ポール・フーシェとアンリ四世校で同級生であった。ユゴー夫妻のサロンで彼はサント＝ブーヴやバルザック、さらには、ヴィニーなどロマン主義叙事詩の栄光を担っている詩人達と交《まじ》わる。それぞれが自作を大きな声で朗読する。耳を傾け、拍手喝采し、熱狂し、世紀を輝かせるであろう新星の出現を感じ取る。

同じような朗読会が日曜日の夜、アルスナル図書館の司書であるシャルル・ノディエのサロンで催される。ここではロマン主義運動の新しい思想が沸き立っていた。ミュッセはなに一つ見落としはしない。文壇でその才能が次第に開花して、高まる一方の名声を揺るぎないものとする。彼の非の打ち所のない美貌と才能に、鈍感この上ない人間までもが感動し、天才的な放蕩生活の風聞を知らないふりをする。ミュッセのいくつかの戯曲はすでに大成功をおさめている。まだ上演されてはいないが、あちこちの文学サロンで朗読された――たとえば、『盃《さかずき》と唇』や『乙女らはなにを夢みる』。ジョルジュ・サンドと出会う一か月前の一八三三年五月十五日、『両世界評論』誌は『マリアンヌの気まぐれ』を発表した。

ミュッセはある夜、オペラ座に入ろうとして、葉巻を地面に投げ捨てた時、自分が有名になっていることに気づいた。一人の青年が振り返り、詩人の顔をまじまじと見つめた、そして何者であるか分かると、身をかがめて、恭《うやうや》しく葉巻を拾いあげ、紙に包み、ポケットに大切にすべりこませた。この小さな出来事は、ビュロが催した晩餐会のわずか数週間前のことである。アルフレッドは、文壇で自分を認めさせるために新たな試みは不要だとその時考えた。読者は完全に賛同しているように彼には思われた。

流行作家の大部分はまだ三十歳になっていない。三年前、『エルナニ*』の成功がロマン主義運動を認めさせた。その先駆者達は「世紀病**」を内に宿しながらも、新しい状況への熱烈な愛着がもっとも強力な原動力となって、そうした状況を作り出し、称揚したいという欲求が彼らの栄光と名声を確立した。彼らは同時代の若者達の多くから拍手喝采された。若者達もまた、この抗し難い――そして彼らには永遠のものと映じた――潮流に身を委ねた。彼らは文学界、および芸術界の真理を保持していると考える。彼らの先人達は、たとえどれほど高名であったにせよ、古代ギリシャ・ローマを模倣することに甘んじ、新しい英雄や高揚させる思想を生みだすことができなかった。これからは、彼らだけが新しい世界の旗手であり、預言者なのだ。

＊「エルナニ」（一八三〇年初演）　ユゴーの戯曲。古典派の牙城、フランス座で初演。古典派対ロマン派の対決でロマン派に勝利をもたらした。

＊＊　世紀病　十九世紀ロマン主義時代の若い世代の精神を憔悴させた憂愁と絶望感。

ジョルジュ・サンドとミュッセは芸術家の宗教的なまでの使命について完全に考えが一致している。一八三三年六月十九日、二人は苦もなく理解し合う。だが、二人のどちらも私生活については語らない。この若い女性の傍《かたわ》らで、アルフレッドはあれこれ自問する。彼は彼女の作品、とりわけ『アンディアナ』を読んだ。小説中のいくつかのみだらな場面は単に作者の想像から生まれたのだろうか？　動揺した彼は、目下、書き上げようとしている、若き放蕩者の日々を称える長篇詩『ロルラ、あるいは冒瀆』について話す。

「あなたのお仕事をぜひ知りたいものですわ」とジョルジュが言う。

その夜のうちに彼は、すでに了解済みの共犯関係をほとんど明らかにするような数行を添えて、自筆原稿を届けさせる。

「あなたがお読みになりたいとおっしゃってくださった断章をお届けします。積まれた紙のなかに一部を、記憶のなかに一部を見つけだしたことを嬉しく思います。あなたの好奇心の小さな気まぐれが他の誰とも分かち合われませんように」

数日後、彼は再度、書き送る。今度は、彼の心をあれほど動揺させた『アンディアナ』の数節について。そして今度は、ジョルジュを古くからの友人のように「君」と呼び……

サンド、君がこれを書いた時、どこで目にしたのか
肌もあらわなヌンが　アンディアナの
しとねでレイモンと陶酔している
このおそろしい光景を?

誰が君に書き取らせたのか、
恋が　夢想でたたえられた幻想を
震える手で　空しく求めている
この燃えるような一節を？

君の心にはその悲しい経験があるのか？
レイモンが感じたことを
君は思い出したのか？
そして　漠とした苦しみの
これらすべての感情と
幸《さち》うすく、途方もない空虚にみちた
この快楽を
君は夢みたのか、ジョルジュ、
それとも　思い出しているのか？

サンドは直ちに感謝のペンを取る。数日後の六月二十四日、マリヴォー風の粋で文学的な会話が続く。彼女は彼に手紙を書き、二人の間に見られる、感動的なまでの文学的共通性、二人の考え方の類似性を際立たせる。それから、いつもながらの熱意と誠意をもって、出会いを重ねるために扉を大きく開ける。

「光栄にもあなたにお目にかかりました時、私の家へお誘いする勇気は少しもありませんでした。室内の重々しさがあなたを怖《お》じけづかせ、うんざりさせはしないかと、今もなお案じています。けれども、忙しい毎日にお疲れになり、嫌気を感じられ、世捨て人の庵《いおり》に入ってみようというお気持ちになられましたら、感謝と真心であなたをお迎えいたしましょう」

第一章——世紀児

ミュッセは即座にこの誘いに応じ、マラケ河岸十九番地に駆けつける。ジョルジュの「青い屋根裏部屋」——青色の壁紙が貼られているためにこう呼ばれていた——は、「世捨て人の庵」とはほど遠い。女主人は部屋着に、刺繡した室内履きの優雅な装いで客を迎える。世間に知られ始めたばかりの若い芸術家が大勢、狭い木の階段を喜々として登って行く。高い所にあるこの屋根裏部屋で彼らは大いに論じ、笑う。天気の良い季節には、美術学校の庭の木々に面した窓が大きく開けられる。小さなアパルトマンの魅力と陽気さに、鳥のさえずりが加わった。彼らは染色したロングウールのじゅうたんの上に心地よく座り、膝の上に幼いソランジュを載せて、パンチや温かいワインを飲む。彼らは大声で笑い、夜遅くまで政治や社会や哲学を熱心に論じ、毎日のように世界を作り直す。

ミュッセはこうした夜の集いの温かく、真心のこもった雰囲気にたちまち魅了されるのを感じる。これまで一度として味わったことのない陽気さがあった。彼は思い出をとどめておこうと、鉛筆とノートを取り出し、目にするものすべてを素描する。まず、言うまでもなく、オロールの肖像。言葉を添えて彼女に送る。

「大切なジョルジュ、今朝、あなたの美しい黒い瞳が僕の脳裏から離れませんでした。ひどく拙《つたな》いものですが、あなたの友人達が、そしてご本人のあなたがそれと分かるかどうか知りたくて、好奇心から、この素描を送ります」

彼はまた、短い戯作詩を書いて面白がる、

ジョルジュは　小部屋のなか
植木鉢にはさまれ
たばこをふかしながら
目は涙に濡れて。

床に座ったビュロは
甘い誓いの言葉、
ソランジュが　後ろで
小説を書きなぐる。（……）

日中、ミュッセは喜んでジョルジュやモーリス、ソランジュと連れ立ってリュクサンブール公園に行く。彼は子供達の考えや遊びに笑い興じ、まるで大きな兄のように一緒になって遊ぶ。ある夕べ、彼は、長いドレスを着て、リボンをあしらった帽子をかぶっているジョルジュを素描する。彼女は広い並木道で二人の子供の手を引いている。これが、若い母としてのオロールの唯一の肖像である。ソランジュは輪をやっとの思いで引っ張っている。小さなクラッシュハットをかぶったモーリスは三角の紙鉄砲を振り回している。

この二人の若い作家は静かな時間ができると、好んでセーヌの河岸に並ぶ古本屋の箱を探《さぐ》りに出かける。掘出し物が彼らを面白がらせ、また、熱中させた。それからたびたびノートル＝ダム大寺院の塔の頂きに登って、太陽が傾き、パリの広大で、さまざまに変化する美しい空が真っ赤に染まるのを眺める。劇場、とくにオペラ座に出かけない時は、「青い屋根裏部屋」に戻って、簡単に夕食を取り、一緒に宵を過ごした。アルフレッドは大胆にもジョルジュの足に指で彼女の気に入りの室内履きの模様を素描した。どんなことを企てようとそれに熱中し、絶えず、新たな、楽しいことを即興で作り出せるこの若い女性にミュッセは日一日と恋心を募らせる。彼女が自分の周りに巧みに作り出す創意と友情のこうした活動を彼は熱愛する。じっさい、彼はこれまで一度として、生きることのこれほどの喜びを味わったことはなかった、もはや彼女なしではやっていけない。

この時まで彼が知り合った女性達はいずれも高級娼婦や売春婦、一夜だけの愛人であった。初めて彼は激しい感情を抱いた。どのようにして彼女にそのことを打ち明けよう？　七月二十五日、彼はペンを取ることを決心する。

「大切なジョルジュ、愚かで、こっけいなことをあなたに言います。（……）あなたは僕の鼻先でせせら笑い、これまでのあなたとの関わりから、僕を美辞麗句を並べたてる人間だとお思いになるでしょう。僕を追い払い、僕が嘘をついているとお考えになることでしょう。僕はあなたに恋をしています。初めてお宅に伺った日からそうだったのです。友人として会うことで、この恋心をいとも容易に克服できると思っていました。(……)こんなことを打ち明けた今、ジョルジュ、あなたはいつものように、『私をうんざりさせようとする人間がまた一人』とおっしゃることでしょう」

ジョルジュは笑いはしない。ずっと前から彼女は何もかも気づいていた。

夏の訪れとともに蒸し暑さがパリを覆う。ジョルジュは我慢できない。彼女は新しい恋人に田舎に逃げ出し、フォンテヌブローの森で少しばかり涼をとろうと提案する。八月十五日、彼らはブリタニク・ホテルに喜々として投宿する。馬に乗っての遠出に熱中している二人は、数日間の予定で馬を借り、長時間、馬を並べて走り、緑と疾駆を満喫する。

ある夕方、申し分なくロマン派的な雰囲気にみちた、フランシャール峡谷をゆっくり進んだ。月光が幻想的な形の岩を照らし出す夜の光景は素晴らしいにちがいない。松葉の上に並んで横になり、星を見つめながら、恋人達は広大な森の岩だらけの闇の中に声をこだまさせて面白がる。突然、アルフレッドが凝視の呪縛を断ち切る。彼は立ち上がると大股で遠ざかり、岩の間に姿を消す。ジョルジュは横になったままでいた。不意に、夜の静寂のなかに、しゃがれて、人間のものとは思えない、絶望しきった途方もない叫びが上がった。彼女はこの叫び声が聞こえて来る小さな谷に駆けつけた。彼女は、取り乱し、痙攣を起こしたように全身で震えながら突っ立っているミュッセを目にする。彼にはもはや彼女が見分けられないようであった。後に彼が語ったところでは、彼の妄想は眼前に見知らぬ一人の男、だが「兄弟のように」よく似た男を現出させた。男は五十歳も年老いた彼自身の顔をし、よろめきながら、彼にしかめ面をする、黒いぼろをまとった幽霊のようであった。恐怖に震えあがったアルフレッドは力の限り、わめく。この幻覚は十五分ばかり続いた。いったん幻覚が消えると、詩人はそれを面白がった。

ジョルジュの方は、精神の変調のこの前兆を理解できなかった。すぐに彼女はこれを忘れる――あるいは忘れたふりをする。フォンテヌブロー滞在は平穏そのものに、数日間続けられ、サンドとミュッセは八月十三日、パリに戻った。

「今度こそ本当に真剣にアルフレッド・ド・ミュッセに恋していますわ。この恋は気紛れではありません。真摯な愛情です。(……)苦しめられることも誤解されることも少しもありません。今度こそ、私の心を酔わせる純真さと誠実さと優しさを見出しました。これこそ青年の愛情であり、仲間の友情ですわ。私が考えたことのない何か、どこかで、とりわけここで出会うとは思っていなかったものです。私はこの愛情を否定し、押し返しました。初めは拒みました、それから屈服したのです、屈服して、今は幸せですわ。私は愛情より友情から屈服しました。私がこれまで経験したことのない愛情が私のなかに生まれました、予想していた苦悩は一つとしてありません。私は幸せですわ、私のために神に感謝してくださいな」

あまりにも多くの失望に傷ついていたジョルジュに、確かに初めのうちは、その放蕩生活を知らないわけではない男性との新しい情熱に身をゆだねることにある種のためらいがあった。だが、彼女は自分の愛が彼の心を清めるだろうと考える。ミュッセは、彼女が支えられたいと望むような強靭な人間ではないが、言葉のもっとも美しい意味での芸術家、つまり、「移ろいやすく、また、永久に繰り返される幻滅に向けての神秘にみちた巡礼」を達成する芸術家を具現しているように彼女には思われる。詩人に味方する彼女の目には、彼の生活は「小学生が時間や先生方を気にせずに怠けている」ようなものだ。彼女は彼の文学的な天分ばかりか、彼の気まぐれや冗談、仮装、笑いを賛美する。彼女は「悪戯《いたずら》っ児アルフレッド」に心を奪われている。『レリア』に書いた、彼への最初の献辞で彼女は面白がって、こう命名した。彼女は彼の若々しさに魅惑されている。互いに憎悪を抱いていた彼女の母と祖母の争いの対象であった孤児としての境遇から、彼女が決して味わうことのなかった屈託のなさと喜びがそこにあった。彼の傍で彼女は自分が少女であるように感じる。そして、それはひどく心地よい。

イタリアは二人が好んで話題にする、彼らの夢の一つであった。ジョルジュはイタリア語に精通している――娘の頃すでに、友人に「私の大好きなイタリア語《ラ・ミーア・ディレッタ・リングア・イタリアーナ》」と言ったほどである。十一歳の時、夢中になって――そして、何度も――タッソーの『解放されたエルサレム』を読んだ。ペトラルカ、とりわけ、ダンテの詩を、その長い節を暗誦できるほど完璧に知っている。

アルフレッドもまた、ダンテを読んで熱中した。彼は後に『思い出』の中で、「地獄篇」の一節を注釈するだろう。

ダンテよ、なにゆえおまえは言うのか、
苦悩の日々における幸せな思い出ほど
悲惨なものはないと?
いかなる悲しみがこの苦い言葉を

おまえに書き取らせたのか
不幸を傷つけるこの言葉を？

ボッカチオとマキアヴェリをよく知っていた。十五歳の時、レオパルディ*の作品を原書で絶えず読み返していたと、兄のポールが語っている。

* レオパルディ（一七九八−一八三七）　イタリアの詩人。古典主義の気品とロマン主義の情感。『サッフォーの最後の歌』（二二）。

カサノヴァの『回想録』はサンドとミュッセの愛読書であり、舞台は、ジョルジュがすでに『レリア』の中でその香りとセレナードを想像した、あのイタリアである。バイロンがリド島の人気《ひとけ》のない、広大な砂浜を馬で行く姿については、二人のどちらもが、現実からの必死の逃走としてばかりか、何よりも、絆も束縛もない、自由な生活にリズムを与える、すさまじい疾走として思い描いた。

幼い頃、祖母からイタリア音楽の手ほどきを受けたジョルジュは、よく響く声でペルゴレージ*やマルチェッロ**の歌曲をミュッセに歌って聴かせることができた。彼女の歌は彼を夢中にさせる。彼女に深く刻みこまれているこの十八世紀の作品を彼に発見させることを彼女はとりわけ好んだ。確かにミュッセは、兄のポールがヴァイオリンを弾く、父のサロンでの小さなコンサートにはいつも姿を見せてはいたものの、彼女ほど広範な音楽的素養を身につけてはいなかった。モーツァルトとヴェーバー***に熱中してはいるが、彼のもっとも愛する巨匠がロッシーニであり、そのオペラを残らず愛好していることに変わりはない。ジョルジュの影響を受けて、彼は自分の音楽的感性がどれほど洗練され、豊かになり、変貌しているか見極める。さらに、彼のミューズたるジョルジュがしばしば言うように、音楽がどれほど心の言葉であるかを感じ取る。彼にとって音楽と詩は姉妹であった。

* ペルゴレージ(一七一〇-三六) イタリアの作曲家「スタバート・マーテル」(三六)。
** マルチェッロ(一六八六-一七三九) イタリアの作曲家。著述家。
*** ヴェーバー(一七八六-一八二六) ドイツの作曲家。ロマン派オペラの創始者。『魔弾の射手』。

サンドとミュッセはまた、イタリア絵画の巨匠達に同じ心で感嘆する。オロールは少女の頃、寄宿生であった、英国出身の修道女達のパリのアウグスティヌス会修道院で、礼拝堂の内陣の奥まったところに飾られていたティツィアーノ*の一枚の絵に魅惑されたことを思い出す。オリーヴ園でのイエスを描いたものだった。少女は、最後の陽の光が天使の赤い衣とキリストのむき出しになった白い腕に光の束となって射す瞬間を待って、何時間も何日もその絵を眺めて過ごした。サンドは、出会い以来、しばしばアルフレッドと連れ立って、美術館、とりわけルーヴル美術館を訪れた。二人ともイタリア絵画を模写する。その多くがイタリア遠征後にフランスにもたらされたものである作品に彼らは一緒に見とれる。じっさい、この時代に、フランス人はラファエロなど、多数のイタリアの芸術家を発見した。だが、このラファエロの作品はさまざまな形で生彩のない複製の対象となり、ジョルジュとアルフレッドはその陳腐さを残念がる。

＊ ティツィアーノ（一四九〇–一五七六） イタリアのヴェネツィア派の画家。『ウルビノのヴィーナス』（一五三八頃）。

彼らはティントレットやヴェロネーゼ[＊]、その他のヴェネツィア派の画家達の作品を長い間、凝視する。また、カナレット[＊＊]やグアルディ[＊＊＊]の風景画を細部にわたって見つめる。そして、レオナルド・ダ・ヴィンチのスフマート画法や、あのジョコンダにとりわけ心を打たれる。後に、サンドはジョコンダに見事な文章をささげることになろう。彼らはダ・ヴィンチのすぐれた絵画の題材を時間をかけてじっくり探る。それらの川や橋や牧場が、彼らの精神のなかに、松や糸杉が植えられ、野生のスミレや素朴な色の野の花があちこちに咲いている丘のある、青や紫やバラ色の幻想的なイタリアの風景を描き出す。

* ティントレット（一五一八-九四）　イタリアのヴェネツィア派の画家。
** ヴェロネーゼ（一五二八-八八）　イタリアの画家。『カナの結婚』（六三）。
*** カナレット（一六九七-一七六八）　イタリアの画家。『ヴェネツィア――サン＝マルコ広場』。
**** グアルディ（一七一二-九三）　イタリアの画家。『大運河とリアルト橋』。

ずっと以前から、イタリアはジョルジュの心のなかで重要な意味を持っていた。若き将校であった彼女の父が母に出会ったのは、ボナパルトのイタリア遠征中のことである。彼はミラノ、マレンゴ、トリノ、フィレンツェ、ボローニャ、パルムといった栄光ある都市から数多くの手紙を書いた。ジョルジュはそうした手紙を何度となく繰り返し読んだ。父からの珍しく、貴重な贈り物のように、それらを小箱に大切にしまっている。勝利に次ぐ勝利をおさめた軍隊のこの優秀な将校と母が、かくも幸せな気持ちで愛を共有した青春時代、幸福であった場所を一つ残らず、父が亡くなった後に母が少女に詳しく語ったにちがいない。戦闘の合間には血気盛んな兵士達も芸術家に変身した。彼らは、オロールの父親がその手紙で語っているように、絵画アカデミーに足を運んだ。『わが生涯の物語』のなかで、サンドはイタリアの民衆に対する称賛の気持ちを余すところなく語るであろう。

「なぜイタリア人は、生まれながらの、言ってみれば、美に対する感覚を持っているのか？なぜヴェローナの石工、ヴェネツィアのしがない商人、ローマ郊外の農夫は見事な建造物を眺めることを好むのか？　なぜ彼らは美しい絵画、すぐれた音楽を理解するのか？」

ミュッセもまた、イタリア遠征の武勲の物語を聞きながら成長した。ボナパルトの軍隊がアルプス山脈を越えた時、山あいに隠れたごく小さなイタリアの村にある芸術的な豊かさを想像できたフランス人はほとんどいなかった。帰国した兵士達は彼らが感嘆したものや、強奪してきたもの――趣味や略奪の習慣から、あるいは、価値が評価できた宝物を所有するために――をいつまでも語り続けた。

こういう次第で、イタリアの地に足を踏み入れたことはなくとも、アルフレッドはイタリア半島の鮮明なイメージを作り上げた。『スペインとイタリアの物語』（一八三〇年）で、ローマ、テベレ河、フィレンツェ、トスカーナ地方、ヴェネツィア、サン＝マルコ広場の薄暗いアーケード、ゴンドラ、白い大理石の宮殿を思い描いた。彼は並外れた想像力を駆使して、伝説的で、詩的で、現実離れした、壮大なイタリアを細部にわたって正確に構築した。

二人の出会いからほどなくして、ジョルジュはこれといった目的のない、イタリア滞在の漠然とした計画を彼に話した。大都市は、どれを取っても様々な理由で彼女の心を駆り立てる。そのいずれをも、例外なく、発見したい。一人で出発することは多分ないだろう、だが、旅の道連れを誰にするかはまだ決めてはいない、と断言する。たびたび、アルフレッドを前にして描かれたこの旅は次第に青年の好奇心をそそる。七月末に、彼は燃えるような手紙の末尾に、ひどく慎重な提案を付け加える。

「ジョルジュ、田舎に旅立たれ、また、イタリアに向けて出発なさるまで、あなたがまだパリで過ごされるわずかな間に、あなたにお目にかかる喜びを放棄するなんて僕はどうかしています。イタリアでは実に素晴らしい夜をすごすことができましょう……」

まさにこの一歩を待っていたジョルジュは少しも逆らわない。『レリア』で描いた、「かすかに揺れる松の木々のしなやかなうねり」の夢が共有されていることを彼女は理解する。彼女の「ブロンドの美しい天使」が、オリーヴの林やオレンジの花の香りが漂う丘にぜいたくにも取り囲まれているこれら夢の街々まで優しく同行しよう。

そこで彼らはパリを離れてイタリア半島に向かうことに決める。日常生活を逃れ、青い屋根裏部屋に集《つど》うにぎやかな友人達から逃れ、新しい二人の愛にぜいたくな背景を与える、詮索好きな人々やゴシップから遠く離れて、静けさのなかで暮らす、こうしたことが彼らに決断させた、もっとも明確な動機であるように思われる。

加えて、イタリアは彼らの想像力に働きかけるにちがいない、最近、スペインがユゴーにかくも輝かしく霊感を与えたように。

「少しばかりでも自由な時間やお金があれば、われわれは誰でも旅をする、もっと正確に言えば、われわれは逃れる。というのも、旅することよりもむしろ、旅立つことが重要であるからだ。まぎらわせなければならない苦悩や、振り払わなければならない軛《くびき》のない人間がわれわれのなかにいるだろうか?」と、ジョルジュは後に『マヨルカの冬』の冒頭で書く。

ミュッセは相変わらず、母のもとで暮らしていた。心の寛い、だが、厳格で、貴族階級の規範を固持する、もったいぶった子爵夫人。末息子のアルフレッドは夫人の誇りである。息子の早熟の天分を狂おしいほどに賛美し、独占欲と見まがうほどの愛情を息子に注いでいる。夫人は息子が虚弱で、きわだって繊細だと感じている。息子の健康は、母親だけが惜しみなく与えることのできる、つねに変わらぬ行き届いた世話を必要としている、と考える。寛大にも息子の放蕩生活を許し、一切、問いたださぬよう心がけている。息子がパリのいかがわしい界隈をもう長い間うろついているなどとは、その世間知らずゆえにおそらく想像できないのだ。しかしながら、彼が青い屋根裏部屋に移り住んだ時、夫人は息子に非難を浴びせ、絶望の叫びを上げながら、滂沱《ぼうだ》と涙を流した。

母が大騒ぎをするという強迫観念が、何か月もの予定で旅に出ることをミュッセにためらわせる。彼が非常に優しい愛情を抱いているこの母を苦しませることを彼はひどく恐れて、やっと決めた出発を取り止めようとさえ思う。ジョルジュはこのためらいを気にかけず、仲に入る。母親の同意を取りつけることを引き受け、子爵夫人に決断を迫る。ひとたび、覚悟を決めるとサンドがこうした類の働きかけをするのはいつものことである。

儀礼を重んじてのことだけでなく、遠慮からも、彼女は貸馬車でただ一人、ミュッセ夫人の許に赴く。グルネル街五十八番地の邸宅の前で馬車を停止させる。夜の九時。ミュッセ夫人が娘の傍でくつろいで静かに読書している時、とある婦人が面会を求めていると、知らされる。夫人はそれほど驚きはしない、そして、それが青い屋根裏部屋に住む息子の愛人だと予想する。ずっと以前から夫人はこの訪問を待っていた。

じっさい、夫人は馬車の中に若い女性が一人でいるのを目にする。女性はひどく上品に、ご子息を旅にお連れする決心をしたと伝える。ジョルジュは、アルフレッドをまるで母親のように愛することができ、その健康に十分気を配ることを夫人に証明しようと弁舌を振るう。ミュッセ夫人は長い間、涙を流し、しばらく決心をためらう、だが、このような毅然とした態度を前にして譲歩することしかできない。おそらくジョルジュはある種の信頼を抱かせた。そして、息子の気ままな生活を心配している母親は、一見したところ安定しているこの関係に、最愛の息子の健康によい長続きする愛を、おそらく見たのだ。いずれにせよ、夫人は全面的に賛成する――明らかに、むだな拒否をする時ではもはやない。

ミュッセ夫人の同意は得たが、まだ子供達に話さなければならない。オロールは夫に手紙で、近々イタリアへ向けて旅立つことを知らせる。彼女はリウマチの治療のためにそこで冬を過ごす、と言う。夫は肩をすくめながら、いつも変わらず活力と健康ではちきれそうな二十九歳の若い女が並べ立てた、こっけいな口実を読む。ずっと前から、世間のうわさで、妻の恋愛を知っていた。

ジョルジュは幼いソランジュを夫に預ける。女中がただちにノアンに連れて行くことになっている。モーリスはアンリ四世校の寄宿生であるが、日曜日には友人の家か、母親のアパルトマンに行くために外出できるだろう。サンドはソランジュの鉄製の小さな寝台の運送や色鉛筆の購入から、子供達にワインや甘い菓子を与えぬよう書き記しておくことまで、細々《こまごま》と準備した。二人の子供は母の決定に従わなければならない。

あとは旅の費用を工面するだけである。十月二日、ジョルジュはビュロに書く。

「『メテラ』を脱稿しました。大急ぎで書いた六十ページがあります。今晩、取りに来てくださいな。今、ぐっすり眠っているアルフレッドにもう一度読んで聞かせるつもりですから、お送りできません」

彼女は発行人に五千フランという大金の前払いを強く要求する。そのなかの四千フランは構想中の小説『ジャック』の稿料としてである。ビュロは実行する。数日後、彼女はサント＝ブーヴに手紙を書き、出発前に、『腹心の秘書』の校正刷りを大急ぎで読み返すのを手伝って欲しいと言う。

「お金が必要なことに加えて、何やら分からぬおどけた気分のために、必要以上に多くの紙に書きなぐってしまったのです」。今度はサント＝ブーヴが実行する。数日間で、彼女は出発に必要な資金を調達することができた。


この時代、イタリアまでは長旅を要し、交通手段は容易ではなかった。二つの経路がある。一つは海路。マルセイユまで行って、ジェノヴァ行きの船に乗る。もう一つはアルプス山脈を越える陸路。道路は全般的によく整備され、交通量もかなり多かった、だが、冬の旅行は危険であった。季節を考慮して、海路が選ばれた。

アルフレッドがリヨン発マルセイユ行きの蒸汽船の運航時刻と出発日を問い合わせる。運航は隔日のみで、ラ・ミュラティエール橋からさほど遠くない、ローヌ河岸で乗船する。パリからリヨンに行くには、郵便馬車で夜間を含めて中断せずに三日を要した。八キロ毎に替馬が必要となるが、パリの出発は毎日であった。だが、ジェノヴァに向けてマルセイユを出航する船は少なく、二週間に一度である。したがって、旅程を細心綿密に立てなければならない。

第二章——旅立ち

一八三三年十二月十二日の夕刻、パリは凍《こご》えるように冷たい霧にすっぽり包まれていた。街灯のかすかなあかりが雨に濡れた歩道を照らしている。ジョルジュとアルフレッドはリヨン行きの乗合馬車《ディリジャンス》十三号に無言で乗り込む。二人は迷信を信じるような人間ではありたくない、十三という数字に気づいて笑い興じる。

彼らは重い荷物を携えている、彼ら自身にも旅がいつまで続くか分からないからだ。彼らはとりわけ、本や水彩絵の具、絵筆、楽譜、それから、イタリア滞在中に執筆を計画している作品のための多くの資料を詰め込んでいる。

ジョルジュは男装している。ロシアの革のブーツを履き、ビロードの庇《ひさし》のある帽子をかぶり、灰色がかった真珠色のズボンをはいた彼女は、女性がレース飾りのある長いドレスしか着ない時代にあって、注意を引かずにはおかない。彼女にとっては、ズボンはいつもの服装であった。田舎で過ごした少女時代から便宜的理由でズボンをはいた。パリに出てからも、彼女が夢みている芸術家の生活を一層自由に送るために、この習慣を続けた。男性の身なりの方が劇場を出て、暗い道を歩く時に気づかれにくい。したがって、ズボン姿で旅行することとは同じように実用的であった。

サンドとミュッセはすでに有名であったから、彼らはこの駆落ちが人々の口の端《は》にのぼらないことを願う。だが、旅の道連れとなった九人の乗客が、好奇心をそそる二人連れに注目しないことは不可能である。

乗合馬車《ディリジャンス》が発着所を出ようとした時、正門の縁石に激しく衝突した。御者は停止させ、馬車から降り、損害を確かめ、ぶつぶつ不平を言いながら、再び出発した。馬車はサン゠ジェルマン街を通る。すでにギャロップで走っていた馬が、放心していたか、耳の聞こえぬ水運搬人をはねる。再び停止。じっさいは御者が酒に酔っていた。御者は一晩中、悪態をつき、不平を並べながら、馬を走らせ続ける。

この出発は縁起が悪いように思われる。旅の途中、荷崩れや荷物の積換えなど、いくつかの支障が起きた。乗客達には何が出来《しゅったい》するか分からない。確かに、この旅には奇妙な前触れがあった。彼らが取ることのできる態度はただ一つ、つまり、気に留めないことだ。

三日後、リヨンのローヌ河の濡れた河岸で十二月の夜明けのまだ暗い闇のなかで、大勢の旅行者に混じって二人はマルセイユ行きの船を待っている。スタンダールが彼らと同時に乗船した。熱烈に祝いの言葉を交わし合う。『赤と黒』の作者は五十歳、すでに太り気味である二人より年長で、有名でもあったが、彼は若い芸術家達と連れになったことに満足している。態度を示す。というのも彼の言うところでは、概して旅先では彼の才能にまったく無知な、見知らぬ人間にしか出会わないからである。ペンだけではまだ生活できず、この時、チヴィタヴェッキアの領事であった彼は、パリに短期間滞在した後で、しぶしぶ任地に戻るところであった。若い同業者達を不愉快にさせないように、彼は愛想を振りまく。

ジョルジュは初めのうちは、機知とユーモアに富む彼の話術に魅せられた。ある種の辛辣さがないわけではないが、彼は常に冗談が言える。船がローヌ河を下《くだ》り、二人が沿岸の風景に無言のまま見とれている時も、スタンダールはしゃべり続ける。彼は恥ずかし気もなくイタリアを語る。彼はイタリアを知り尽くしている。彼はボナパルトの遠征に同行した。確かに彼はトスカーナ地方の風景やフィレンツェのフレスコ画、ローマの宮殿を目にして感嘆することができた。次いで彼はミラノで数年、暮らし、この地でイタリアの大都市についての著作『ローマ、ナポリ、フィレンツェ』を一八一七年に出版してもいる。だが、彼が受けて当然であるはずの歓待を彼に示すことのできない住民の無知と愚鈍さだけしか、今や彼の目に入らない。この国に対する若い二人の幻想を彼はからかう。

ポン＝サン＝テスプリ近くで、十二月十六日、船が突然、停止する。雨の多いこの十二月、ローヌ河は増水しすぎている。水先人には橋の下を通過する勇気がない。アーチが非常に狭いように見える。安定しているとは思われない河底の砂堆が船を傷つけるかもしれない。橋の通過は翌日に延期された。

旅行者達は村の粗末な宿屋で夕食を取り、寝るために下船を余儀なくされた。宿屋は大きな陶製のストーヴがあるものの暖房が十分でなく、照明も悪い。スタンダールは一緒に食事をしようと提案する。彼はコート＝デュ＝ローヌのグラスをむさぼるように重ね、たちまち陽気になる。食事が終わる頃、彼は起ち上がり、ナプキンを手にして、テーブルの間でダンスのステップを踏み、アントルシャ*をやってみせる。堂々たる体軀に、裏をつけた大きなブーツ、はすにかぶったシルクハット、だらしなく羽織ったケープ。ジョルジュはよく芸を仕込まれた熊の演技を見ているような気がする。食堂じゅうの客が彼に注目し、若い振りをしているこの五十代の男を、こうした目で見ているサンドを除いて、皆が面白がる。

＊ アントルシャ　両足で踏み切って跳び、空中で脚を繰り返し交差する動作。

「彼を高く評価し、駆り立てることのできる知人達から遠く離れていることで、かくも魅力的で、独創的で、かつ、気取ったこの精神に欠けているにちがいないものがよく分かった。彼はとりわけ虚栄を侮蔑する。そして対話者の一人一人に何らかのうぬぼれを見つけ出してはからかいの言葉を浴びせてくじこうとしていた。だが、私は彼が意地悪な人間であったとは思わない。そう見せようとして、彼はあまりにも骨を折ってはいたが。

「彼がイタリアでの倦怠や知的な空虚感について語ったことはどれも私をぞっとさせるどころか、魅惑した。私がその地に行くのは――いつの旅でも同様だが――私が大いに求めているると思っている才人達から逃れるためだからだ」（『わが生涯の物語』）

ミュッセの方は鉛筆とノートを素早く取り出し、踊っているスタンダールのかなり無慈悲な戯画をかきつける。宿屋のスケッチから田舎風の家具や、相当に酔っぱらっている、この太った好人物を前にして、用事の最中に立ちすくみ、こぶしを腰に当て、びっくり仰天している下女達の姿が目に浮かぶ。

スタンダールは、彼のことを少々、厄介に思い始めている、この若い二人連れにたちまち愛着を覚える。プロヴァンスの太陽がまばゆいばかりに輝き、鮮やかな青い空にくっきり浮かび上がった法王庁が遠くに見える。スタンダールはアヴィニョンの街の案内役を買って出る。これほど素晴らしい天気に、どうしてこの申し出を断れよう? 彼とともに二人はローヌ河の上に切り立つドンの岩《ロシェ・デ・ドン》壁の花の咲いたテラスをよじ登る。ローヌ流域の平野が彼らの眼下に広がる。

ノートル゠ダム教会ではスタンダールは彩色した木の古いキリスト像を示す。その裸の姿が彼に、冒瀆的な言葉にさえ一度としてたじろいだことのないジョルジュを不快にするほどの冗談を思いつかせる。例によって反教権主義者の彼は激しく怒り出し、この罪のない像をこぶしで叩く。サンドは後に、『わが生涯の物語』のなかでこの出来事を詳述し、

「彼の精神の奥底がみだらなものへの嗜好や癖や願望を暴露していた」

と断ずるだろう。

スタンダールもまた、サンドに対するもっとも軽蔑的な批評家の一人になることで、この芽生え始めた反感の仕返しをしよう。彼は『ヴァランティーヌ』を「おぞましいほどの気取り」と形容する。『リュシアン・ルーヴェン』のなかで彼は軽蔑を隠さない。

「装いのためにジョルジュ・サンドを認めること」

少し先で、

「その点でジョルジュ・サンドは際立ったであろう。ご婦人向けの服飾商」

幸いにもマルセイユから、スタンダールは一人、陸路でチヴィタヴェッキアに向かう。ジョルジュは『わが生涯の物語』のなかで書く。

「私としては、ベール〔スタンダールの本名〕がジェノヴァに行くのに陸路を取ることは残念ではなかった。彼は海を怖がっていたし、私の目的は早くローマに着くことであった。したがってわれわれは数日の間、陽気なつきあいをした後で別れた。だが、（……）打ち明けて言うが、私は彼にうんざりしていた、そして、もし彼が海路を選べば、私はおそらく山道を行ったであろう。もっとも、彼は、彼の評価するすべてのことがらにおいて公正というより緻密な洞察力と独創的な真の才能を持ち、文章は巧みではないが、読者に深い感動を与え、彼らの興味を激しくそそる語り口の、傑出した人物である」

とはいえ、スタンダールから解放されたからといって、二人の旅人がマルセイユの陽気なにぎわいを楽しんだわけではない。

「私はここにとどまっていたくはありません。もうすぐ立ち去ることができるのを神に感謝しています」とジョルジュはジュール・ブコワランに書く。

それでも、霧に包まれたパリでは人々が寒さに震えているこの十二月に、愛する二人はすでに春の気候の、「パリの四月の日々のような朝の」軽やかな歓喜を吸い込む。彼らは旧港に近いボーヴォ・ホテルに三泊の予定で投宿する。前年、コレラの犠牲者達のためにパガニーニがパリで演奏会を催した時に宿泊した部屋であった。巨匠に熱烈な拍手を送ったジョルジュは、思いがけないつながりに感激する。この伝染病に父を奪われた、ミュッセもまた深く感動する。

マルセイユ滞在中の細々《こまごま》したことをモーリスに伝えるために、サンドは十二月十八日、ペンを取る。息子が傍にいないことに彼女はすでに辛い思いをしている。

「今朝、海岸を散歩しました。生きた貝を食べましたが、たいそう美しい貝殻でしたよ。貝殻が大好きなあなたのことを考えました。砂のなかに貝殻を探す気になりませんでした。手伝ってくれるあなたが傍にいないし、一人では楽しくないからです。コレージュを離れ、勉強を中断できる年齢になったら、一緒に旅行しましょう。(……)お母さんが可愛い子供達と離れて暮らしたくないことをあなたはよく知っていますね。二人ともたいそう優しく、お母さんは世界中の誰よりも愛しています」

十二月二十日、恋人達は、ジェノヴァへ定期的に運航している蒸汽船「シュリー号」に乗船する。この段階で、ミュッセもサンドもイタリアのどの都市にまず滞在したいのか、はっきり分かっていなかった。フィレンツェやローマに気持ちが傾く時もあれば、ピサやナポリに傾く時もあった。彼らはイタリアの全てをむさぼりたい。芸術家達と、常軌を逸した情熱のこの地を彼らは真の祖国としたい。彼らの不決断こそ彼らが憧れている自由気ままな生活の特性ではないか？　はっきり定めた目的地がなく、風まかせで、今晩どんな空の下で眠ることになるのか分からぬままに旅立つこと、これこそ、出発を目前にしてかくも用意周到である年老いたブルジョア達の生活をあざける、夢の生活ではないか？　彼ら、ジョルジュとアルフレッドは時刻表も、明確な目的地も、制約もなく旅することができる。

だが、現実が別の決定を下すだろう。

船上でジョルジュは激しい腸の障害に苦しみ始める――厄介であるばかりか、屈辱的な、恐ろしい赤痢。マルセイユで食べた美しい色の貝がおそらく、この突然の腹痛と無関係ではない。

それでも彼女は、ジェノヴァの古い街を訪れるために下船する。二人は宮殿や古い界隈、鮮やかな色で塗られた家や雛《ひな》壇式庭園に漂う地中海的な魅力をたちまち発見した。騒々しく、生き生きした人々が、二人にとってまったく新しい響きにみちた光景を作り出す。通りですれ違う男たちの三人に一人は修道士の修道服を着、もう一人は兵士の飾りつきの制服を着ていることに気づく。わずか一人がイタリア風の装いである。

港町の独得の雰囲気がとりわけアルフレッドの想像力をかき立てる。一八四四年、イタリアから帰って来る兄に宛てて書くだろう。

あなたは見た、水のなかにすわって、
陽気にメザロをかぶる、
美しきジェノヴァを、
顔に紅をぬり、目を輝かせ、
たわいなくしゃべり、笑いながら
鎖で遊ぶ、あの街を。

ジョルジュは痛みのあまり、街を散策し、宮殿や庭園を眺めて楽しむことができない、加えて、発熱で無情にも打ちのめされる。疲労、苦痛との闘い、詩情とは無縁の腸の痛みが二人の間の最初の口論を引き起こす。その夜、宿屋で彼らは出発以来、初めて寝室を別にした。

翌々日の十二月二十二日、「シュリー号」は荒れ狂う地中海をリヴォルノに向けて出港する。今度はアルフレッドが激しい船酔いに打ちのめされる。だが、彼は力を振り絞ってノートに戯画をかきつけ、旅の挿話を後世に残す。彼は不運の連続を感じ取るが、ある種のユーモアがないわけではない。笑ってすませることにしよう！　手すりに寄りかかり、たばこをくわえて唇を引き締め、苦痛にも毅然として耐えて立っているジョルジュを素描する。一方、彼の方は、手すりにかがみ込んで、恥ずかし気もなく吐いている。説明文として、昔の小学生はごく小さい時から、誰でも知っていた、テレンティウスの一節をほとんど完全に、皮肉っぽく引用している。「余は人間なり、人間的なるものは一つとして余に無縁ならざり」

ジョルジュは上甲板にいる

たばこをふかしながら

ミュッセは　ひどく
胃が痛い。

それぞれの病気にもめげず、彼らはピサで下船し、斜塔やドゥオモ（大聖堂）や洗礼堂の白い大理石に感嘆する。ジョルジュは、親友の一人で、『地下のローマ』を著わしたシャル・ディディエ*との会話を思い出す。彼はイタリアをくまなく歩き回った後で、イタリアについて夢中になって彼女に語った。彼女の心のなかに、自分の目で「奇跡の広場」を眺めたいという欲求が生まれたのは、確かに彼のおかげだ。「ピサ、かつての都市国家、回想と大建造物の街」。

* ディディエ（一八〇五–六四）　作家。ユゴー、ラマルティーヌ、サント＝ブーヴらと交友関係を結ぶ。『地下のローマ』は八版を重ねた。

後に、ミュッセは戯曲、『肘掛け椅子で見る芝居』（一八三四年八月）の序でピサについて書く。
「ピサのカンポ・サントを訪れる異邦人が、その壁をまだ覆っている、半ば色あせたフレスコ画の前で、畏敬の念なく足を止めたことがあっただろうか？　これらのフレスコ画にさしたる価値はない。現代の作品として提示するならば、注意を払うことさえないだろう。だが、ラファエロがここに足を運んでこれらを学び、範としたと聞かされる時、旅人は深い崇敬の念を捧げるのだ」

二人のどちらもが、出発前の高揚した精神でピサの崇高にして美しいイメージを作り上げたにしても、また、大建造物の壮麗さにもかかわらず、現実は彼らにとって、この日、まったく異なっていた。ジョルジュのなかでは、病気の影響が芸術の精華に対してばかりか、恋人の魅力に対しても無関心を生み、次第に増大させた。結局のところ、彼女が出かけたのはアルフレッドが執拗に求めたからではないか？　病気なのだから、静かに横になっている方が良くはないのか？　彼はまだ愛しているのか、どうやら、少しばかりの同情に心を動かされているよりも、彼自身の気分の悪さや熱意の欠如からいら立っているこの男は？　彼女は『わが生涯の物語』で打ち明けるだろう、

「それでも私は旅を続けた、痛みはなかったが、震えと無気力と半睡状態で次第に鈍くなり、ほとんど無感動でピサとカンポ・サントを目にした。どちらに向かうかさえどうでもよくなった。ローマにするか、ヴェネツィアにするか決めるためにコインを床に投げたが、十度、ヴェネツィアにする表《おもて》であった。私はそこに運命を見、フィレンツェを経由してヴェネツィ

アに向かった」
サンド以上にミュッセはヴェネツィアを熱望している。この街は彼にとって、子供の頃から想像のなかで細部まで築き上げた街であった。できる限り早く、この空想を現実のものとする必要を感じている。わずか十九歳であった一八二九年、一度として目にしたことのないこの街を描き出し、驚嘆させはしなかったか？

赤く染まるヴェネツィアに
一艘の舟とて動かず
一人の釣人とて水面《みなも》になく
いさり火もない。

砂浜にただ独り坐し
大いなるライオンが持ち上げる、
澄み渡った水平線に

その青銅の脚を。

ライオンの周りに、
大船小舟がむれをなし、
輪になって眠る鷺《サギ》にも似て

煙る水面《みなも》で静まり返る
そして旗々が
霧のなかに交差する
かすかに渦を巻きながら。

薄れゆく月が
その過ぎる額を覆う
星がきらめき　半ば

ヴェールのかかった雲で。(……)

そして年を経た宮殿も
荘重な柱廊も
騎士達の白い階段《きざはし》も

そしていくつもの橋と通りも
陰うつな彫像も
風にふるえて
波打つ入江も

すべて口をつぐむ
兵器廠の銃眼で寝ずの番をする
長き矛槍を手にした

衛兵をのぞき。(……)

ヴェネツィアに行くことはコインを地面に投げて決めた。これが、少なくとも、サンドによる公式の説明である。いずれにしても、何年も前からロマン主義の熱狂が、水と大地が比類のない調和を見せて溶け合っているヴェネツィアを、恋する男女の旅の聖地に、また、静けさと詩情にみちた、美しい世界への逃避のシンボルにしていた。偶然にまかせた選択は彼らの秘やかな熱望をいっそう強固なものにした。どちらも、静謐この上なき共和国の誉めそやされてきた、比類のない美しさが、これからの創作に新しい主題を与えてくれるものと信じている。

ヴェネツィアへの道はフィレンツェを通る。二人ともメディチ家の街を訪れたいという激しい欲求を感じる。オロールは、イタリア遠征中の父の手紙を読んで、トスカーナの街の明るい光景を思い描いていた。

フランス革命暦ぶどう月《ヴァンデミエール》二十六日の父の手紙。「この街には壮麗な建造物がたくさんあり、傑作がみち溢れている。橋、河岸、散歩道がいく分、パリのように配置されている。だが、素晴らしい景色であるばかりか肥沃な渓谷に位置しているという利点がこの街にはある。至る所に瀟洒なヴィッラ（別荘）やレモンの木の並木道、オリーヴの林がある」

さらに、一八三一年に彼女は戯曲『一五三七年の陰謀』の下書きをした。一八〇三年、ミラノで出版されたベネデット・ヴァルキ*の大著『フィレンツェ史』から着想を得たものである。五巻に及ぶ、この難解な著作を彼女は途中で放り出しはしなかった。幼い頃から、ノアンの館の、祖母のきわめて充実した書庫で自由に手にすることが許されていた、骨の折れる書物に取り組むのが習慣であった。他に楽しみのなかったオロールは、それが十一歳か十二歳の少女には難しすぎるものであっても、ヨーロッパ文学のもっとも偉大な作品の影響を受けた。ヴァルキの著作を読んで、サンドはメディチ家の罪深い陰謀、とりわけ、一五三七年、フィレンツェ公アレッサンドロ・デ・メディチが、フィレンツェの人々からロレンザッチオ、時にはロレンツィーノとさえ、軽蔑を込めて綽名《あだな》された、甥のロレンツォに殺害された事件に心を奪われた。

* ヴァルキ（一五〇三–六五）　イタリアの歴史家。コシモ・デ・メディチに委託され、一五二七–三八のフィレンツェ史を叙述。

彼女がミュッセに出会った時、この戯曲は書き上げられてはいたが、手を入れられぬままに、引出しで眠っていた。彼女は、彼が注意を払うかもしれない作品の草案としてこの戯曲のことを話した。彼女はヴァルキを参考にするよう彼に勧めた。今度はミュッセがこの著作を読んで影響を受けた。それから彼はサンドの原稿を読んだ……そして、散文の五幕二十八場の正劇『ロレンザッチョ』を書いた。二人の恋人がイタリアに向けて旅立った時、ミュッセがすでに完成原稿をビュロに渡していたことは、今日、ほぼ明らかになっている。ヴェネツィアから送られた、一八三四年一月二十三日付の手紙でアルフレッドは『両世界評論』誌編集長に書いている。

「『ロレンザッチョ』に着手されたでしょうか？ 貴殿がこれを出版することを希望され、出版が遅れることで損害をこうむるとお考えになるのであれば、ご随意になさって結構です」

フィレンツェに到着した二人はただちに、ミケランジェロが彫刻を施《ほどこ》したメディチ家の墓のある礼拝堂を訪れる。「昼」と「夜」の彫刻に着想を得て、ミュッセは後に詩を書くだろう（「死せる女《ひと》に」）。

かの女《ひと》は美しかった、
ミケランジェロがその棺台を作った
暗い礼拝堂に眠る「夜」は
たとえ不動であろうとも
美しく……

それから彼らは、「必見の美しいものをことごとく」訪ねる。パラッツォ・ヴェッキオ、サンタ・マリア・デル・フィオーレ大聖堂、ミケランジェロが扉を「天国の門」と名づけた洗礼堂。二人は太陽の照返しがきらきら輝いているアルノ河沿いに長い時間、散策する（美しい季節は健康回復を助けてくれるにちがいない、とジョルジュは考える、だが、熱で体は震えている）。二人は、ヴェッキオ橋の上で、ダンテとベアトリーチェが初めて出会ったことを思い起こす。サンドは一種の夢のなかで——彼女が目にするすべてのものを明確な輪郭のない、靄《もや》のかかった雲で包みこむ光輪のなかで動き回っているような奇妙な感じを覚える。「チェッリーニ*の『ペルセウス像』とミケランジェロの四角い礼拝堂を眺めていると、私自身が像であるように時に思われた。夜、私がモザイクになり、ラピス・ラズリと碧玉の小さな正方形を注意深く数えている夢を見た」

＊　チェッリーニ（一五〇〇-七一）　イタリアの金工家・彫刻家。

旅には心の色が付きまとう。まだ飾りのないルネサンス時代のフィレンツェは、彼らの目にとりわけ暗く陰うつな街に映じた。巨大な格子のついた窓、汚物の臭いを発散する、褐色や灰色の家々、陰気さにみちた狭く、古い路地。

アルフレッドは恋人のいつもの高揚から見放され、城館の前で嘆くことしかできない。

かつて花の都《フロレンティア》であった、
黒ずんだ宮殿の建ち並ぶ
この街の　年経た城館

ジョルジュは自分が大理石の彫像だと想像する、と言うのか？　実際に、ミュッセに対して彼女は次第に彫像になっていく。深い幻滅が彼女の気持ちをおおい、不幸にもその落胆が彼に伝わる。彼女は詩人に対して、もはや情熱も欲望も感じない。彼はそれを感じ取り、彼女を非難する。彼女には打ち消す力さえもう残ってはいない。後にミュッセがピエール＝ジュール・エッツェルに愚痴をこぼしているが、すでに彼女は彼に、「どんな娘達であろうと与えることのできる陶酔」を拒んでいた。

こうした状況のなかで、なぜこの旅を続けるのか？ いつまでも続けて何になろう？ ジョルジュの病気が回復しさえすれば、何もかも正常に戻るにちがいない、と二人のどちらもが考える。疲労がたまったこの長旅の後で、ヴェネツィアに身を落ち着けさえすれば、彼らは再び生きる喜びを感じるに違いない。マルセイユを発って以来、二人は互いに相手を避けてきたが、もうそれも終りだ。

フィレンツェを発つ前に、ジョルジュは夫に手紙を認《したた》めるが、状況の深刻さを明かしはしない。夫が返事を書く。

「大切な君、君がヴェネツィアに行く途中に立ち寄っただけだというフィレンツェ発の手紙を受け取ったよ。太陽が風邪や熱を治す特性を持っているような国では君の健康が悪化することはないのを知って大いに喜んでいる。だが、旅を計画した時に期待したほどには君の想像力が心地よくかき立てられないことには心が痛む。

「君は冷静で、落ち着いた目で、いわば、平静な目で歴史的な建造物や風景、それに、多くの心を感動で震えさせ、多くの精神を動揺させ、そして燃えるような文章を数多《あまた》書かせたあらゆる種類の奢侈を見ている。数々の輝かしい思い出があり、ひどく魅惑的な国だよ、訪れる一人一人が自分の思い出を引き出すことができる。君の父上とわが国の偉大な軍隊が立てた武勲の舞台に君はいるんだね。(……)まさしく感激の大いなる一章だ」

なぜ彼らは一年でもっとも早く日が暮れる、十二月の最後の日々を選んでフィレンツェを出発したのか？　この祝祭の時期にあって、人気《ひとけ》のない道を旅するのはほとんど二人だけである。かなり快適な大型四輪馬車《カレーシュ》で、満月の凍てつくような夜、アペニン山脈を越える。憲兵二人が彼らを護衛するが、憲兵は同時に郵便物の輸送業務にも当たる。フランスの制服とはまったく異なった、明るい黄色の制服が二人に唯一の気晴らしを与えた。

ジョルジュは、フェッラーラでアリオスト*の墓に詣でること、そして、もっともよく読んでいる作家の一人タッソー**が狂気を理由に幽閉された聖女アンナ病院の地下牢を訪れること、といった、ずっと以前からの計画を実現させたいという欲求さえもはや感じない。フェッラーラでもボローニャでもなに一つ目にしなかったと、後に回想するだろう、通過している都市にどれほど豊かな歴史があろうとも、好奇心がすっかり失《う》せているのを彼女は感じる。だが、ポー河を渡る時、少しばかり関心がよみがえる。寂寥とした、沼の多いこの砂地の平野にじっと目を凝らすにしても、それは寂しさと悲嘆という、彼女の心の色をそこに映すためであった。

* アリオスト（一四七四-一五三三） イタリアの詩人。『狂乱のオルランド』（一五一六）。
** タッソー（一五四四-九五） イタリアの詩人。『エルサレム解放』（一五七五）。

アルフレッドは、自分のか細い肩には重すぎる荷となったこの愛人のこの状況を嘆くことしかできない。青い屋根裏部屋で過ごした宵にあれほどまでにしばしば語り合い、イタリアの精華を一緒に発見するつもりであった、情熱的な旅の道連れでは彼女はもはやない。彼は甘やかされた子供のように振舞う。ジョルジュの下痢に嫌気がさして、この長い行程、否応なく同じ馬車のなかに閉じ込められているから、少なくとも心のうちで、彼女を避ける。

第三章――「ヴェネツィアの恋人たち」

十二月三十一日朝、二人はスクロヴェーニ礼拝堂やジョット*のフレスコ画を一瞥することもなくパドヴァを離れる。みすぼらしいレ、、、ーニョ、つまり、がたがた揺れる貸馬車でメストレに向かう。ようやく到着した時、すでに夜、十時になっていた。

* ジョット(一二六六頃―一三三七) イタリアの画家・建築家。

凍てつく寒さで、深い霧のなかに沈んだこの夜、長く黒いゴンドラが彼らを待っていた。疲れ果てて、二人は暗がりのなかに近づき、手探りで乗り込む。荷物を載せるのに手間取った。大晦日の夜、運搬人達は異邦人に対し、あまり献身的ではないらしい。ジョルジュは疲れ切って、モロッコ革のクッションにくずおれて、うとうとする。乗客を寒さや雨から保護するためのフェルトの覆い、一種の黒いテントに守られて、彼女は眠りに落ちる。ひたひたと打ち寄せる波の音で初めて、ゴンドラが岸を離れていることに気づく。ラグーナ（潟）の水は闇よりももっと黒く、暗い。船尾の灯火はあまりに小さな光の輪を投げるだけで、二人の旅行者には、ゴンドラの船頭《ゴンドリエーレ》がどうして、この陰うつな夜の闇のなかで、果てしなく続く船道を見分けられるのか、見当がつかない。

不意にアルフレッドが、黒いビロードで覆った羽目板の鎧戸をそっと上げると、そののぞき窓から、きらきら輝く水に映ったサン＝マルコ広場のまばゆいほどの光や、街灯に照らし出されたピアッツェッタ（小広場）の柱、黄と黒に染められた途方もなく大きな、オーストリアの旗がはためいている大聖堂の丸屋根が見えた。一八三四年一月一日を祝うかのように、巨大で、幻想的な月が昇る。

スキアヴォーニの岸のとある建物の正面、大理石の階段の下でゴンドラが停まる。各階のオジーヴ〔交差リブ〕形の窓が光を放っている。やっと旅の終着点、昔のナーニ宮殿のアルベルゴ・レアーレ、別名ダニエリ・ホテル（一八二二年、ニエルのジュゼッペとかいう男が買い取った）に到着した。当時、ヴェネツィアを訪れる富裕な外国人を引きつけるに足る、快適で、ヨーロッパにその名を知られたホテルである。この時代の案内書は、イタリアで最良のホテルの一つとして紹介している。「豪華な家具が備えつけられ、フォルテ・ピアノさえ置かれているアパルトマンの美しさに、この上なく魅力的な眺望が加わる。必要なものがすべて揃えられたゴンドラ、軟水および塩水の入浴施設を外国人は随時、利用できる」

ラシャの上着に、丸い帽子をかぶった男が二人を迎える。彼は荷物を降ろす前に、ヴェネツィアの習慣で、ジョルジュの丸みのある肘をてのひらで支えて、ゴンドラを降りるのを助ける。「おやすみなさい！」ジョルジュはもっと洗練された男を想像していた。みすぼらしい外見が、大きな唐草模様のある、英国製の布地でこしらえた立派な制服と赤い幅広のベルトを締めた白いズボンにもかかわらず、彼女を失望させる。他の男達は黒いビロードの縁なし帽をかぶり、その絹の房飾りが耳の上に垂れていることを彼女は観察する。

見事な枝付き大燭台で輝かしく照明された広間の途方もなく大きい鏡が、豪華な室内装飾と天井の華やかに彩られたフレスコ画を映し出している。

この最初の夜、ミュッセは彼女の部屋まで同行しない。彼はサルーテ教会堂の真向いにあるヨーロッパ・ホテルに案内させる。シャトーブリアンが数か月前に滞在したこのホテルは「外交官達の古いホテル」と綽名《あだな》されている。おそらく彼は、疲労と頭痛で打ちひしがれ、彼に看病人の役割を押しつける愛人の、神経をいら立たせる姿を目にしたくないのだろうか？　あるいは人目につかないよう慎重を期して彼女から離れるのか？　じっさい、ヴェネツィアはオーストリアの占領下にある。人目につきたくないと思っている新参者達を当局は厳重に監視しているのだ。

　アルフレッドの「亡命」は一晩しか続かない。翌日には荷物をダニエリ・ホテルに運ばせた。最初の数日間は、発見の喜びが二人の旅行者に活力を取り戻させる。二人は濃いコーヒーがヴェネツィアでは欠かせないことを知る。ラグーナ（潟）の、無気力にする雰囲気に抗うためには、一日に少なくとも六度、飲むことが必要だと説明される。二人は夜の七時から十時までゴンドラを難なく借りる。ひどく年老いた、足の不自由なゴンドラの船頭が案内するにまかせる。彼がこの仕事を失えば、素寒貧になってしまうに違いないと確信して、二人はその後も他の船頭に変える勇気がない。毎晩、酔ってはいるものの、漕ぎながら、おそろしくしわがれた大声で絶えず歌っている――空腹をまぎらすためにちがいないと、二人は心を打たれて、苦もなく見抜く。

　こうした最初の日々の散策で、彼らは――後にジョルジュが『わが生涯の物語』で証言するように――オーストリアの存在が重くのしかかっていることを感じ取った。

「ある晩、わが年老いたゴンドラの船頭が私の頼んだ物を探してきてくれるのを、岸に繋いだゴンドラのなかで待っていたのだが、フェルトでこしらえたゴンドラの覆いに通行人が水をかける音がした。私は酔っ払いか、うかつな人間の仕業だろうと思った。鎧戸が閉まっていたので、この慎みのない散水を怖がることは少しもなかった。その時、『ドイツの豚野郎！　わしのゴンドラを汚す気か！　便器とでも思っているのか？』と叫ぶカトゥルス〔船頭の名〕のしわがれ声が聞こえた。相手が下手なイタリア語で応じた、『俺はオーストリアの陛下に仕える将校だ。俺が良いと思えば、お前のゴンドラに悪事の限りを尽くす権利があることを覚えておくがいい』『わしのゴンドラのなかにはご婦人がいるんだ！』と船頭が叫んだ。

「すると、まったく素面《しらふ》であったオーストリアの将校がフェルトの覆いの扉を開けに来た。そして私の顔をまじまじと見ながら、『奥様は口をつぐんでいる、ご親切と用心深さをお持ちだった、立派な振舞いだった。だが、お前は、明日、牢獄行きだ。俺の剣がお前の体に突きささらなかったとは、まったくもって幸せな奴だ』」

二人の旅行者はこの他にも、オーストリア人が住民に与える細々《こまごま》した侮辱に気づくことになる。住民達は街のいくつかの場所で、一種のプルチネルラ人形を演じさせて恨みを晴らす、つまり、占領者達にはまったく理解できないヴェネツィア語で山ほどの罵《のの》りの言葉を彼らに浴びせ、彼らが無感動かつ茫然として見ているなかで、通行人達を爆笑させる。

「その上、マリオネットの笑劇で愚か者になるのはドイツ人と決まっていた。言葉の先生に扮し、デラ・クルスカ会員と自称するプルチネルラからイタリア語の授業を受ける役柄がそのドイツ人に与えられる。ドイツ人はいくつかの言葉を発音しようと精一杯努力するが、どうしても正しく発音できない。そして、彼がプルチネルラから棒で激しく連打されるたびに、観客は笑いころげ、足を踏みならす。

「占領者に対するこの憎悪の暗黙の合意は少なくとも、住民を固く団結させ、仲良しにするという効果を生んだ。だが私はヴェネツィアほどおだやかな庶民の生活習慣を他のいかなる地でも目にしたことはない。今にも殴り合いになりそうな二人の粗野な男達に向かって、お前さん達はドイツ人のようだ、と言うだけで、二人を直ちになだめることができるのは確かである」

（『わが生涯の物語』）

ヴェネツィアに到着したばかりの頃から、二人はアッカデミア美術館をしばしば訪れた。ミュッセは初めて目にする芸術の精華の前で子供のようにはしゃいでいる。一方ジョルジュはまだ、体力がひどく弱っている。それでも二人は長い時間、ヴェロネーゼ、ティツィアーノ、ティントレット、ベッリーニ*、カルパッチョ**といった、ヴェネツィアの偉大な画家達に感嘆する。アルフレッドは、ずいぶん前から彼にとって、芸術の崇高さを具現するカノーヴァ***の裸体像を見つけ、彫像の前に駆けつけて、素早く、素描する。彼らはサンタ・マリア・デッラ・サルーテ教会堂を訪れ、ティントレットの有名な『カナの婚礼』の前で長い時間を過ごす。華麗な衣裳は二人にルネッサンス時代のヴェネツィアの栄華を彷彿させる。想像はしていた。だが、日々の散策で目にする庶民のみすぼらしい身なりのなかに見出すことは困難であったのだ。

* ベッリーニ（一四二九―一五〇七）　イタリアの画家。『サン＝マルコ広場の行列』。
** カルパッチョ（一四六五頃―一五二五頃）　イタリアの画家。『聖女ウルスラ物語』。
*** カノーヴァ（一七五七―一八二二）　イタリアの彫刻家。新古典主義の代表者。

バイロンを偲んで二人は、リド島の浜辺でかつて彼が馬を走らせた跡をたどる。歩き疲れた！　二人の愛人の間の口論が散策を台無しにする。浜辺はその日、人気《ひとけ》がなく、陰うつであった。みすぼらしい姿の数人の女達だけが地面にかがみ込んで、貝殻を拾い集めている。なにがしかの金を手にするために、それで首飾りを作るのだ。塩分を含んだ、不快な風が激しく吹きつけ、黄ばんだ草の茂みを砂上に横倒しにする。茂みのなかに棲んでいる巨大なトカゲが（「何千匹も」とサンドは言う！）二人の足下から這い出してくる。

あいかわらずバイロンの足跡を追って、ユダヤ人墓地を訪れる。凍りつくような霧が立ちこめていたが、彼らは墓石に座った。石碑は草やキヅタに半ば覆われている。アルフレッドの心はバイロンの思い出に震える。熱に打ちのめされているジョルジュは、リド島のなかでもおそらくはもっとも感動的な、この地に漂う詩情をとらえることができない。彼女の心はこの時、途方もない悲しみに襲われていた。彼女の連れにはその心を理解することなどとうていできない。二人の愛人の間の口論は今や、絶えず繰り返される、激しく、ぞっとするものになっている。

ホテルに戻ったアルフレッドにはもはや一つの考えしかない。再び外出し、夜に身を沈めること。通りの影のなかに忍びこみ始めた、カーニヴァルの仮面《マスク》を見ること。彼を誘《いざな》っているようなこれら偽りの顔や、裾飾りが官能をそそるように彼にそっと触れる、透けるようなドレスが、彼の心を激しくまどわす。パリを離れた時から、彼はヴェネツィアの名高い娼婦たちを訪れること、いかがわしい界隈や、戸口で松明《たいまつ》が燃えている賭博場に足繁く通うことを切望していた。放蕩を断とうとしない彼の性格が大急ぎで戻ってくる。輝かしいとはとても言えない病人となり、腹痛に身をよじって絶え間なく便所に駆け込むジョルジュの姿を目にすることは、自分の快楽のことしか頭にない、この若い詩人にとって、耐えがたいのであろうか？

サンドは絶望の淵に沈む。心ならずも引きずり込まれてしまった体と心の病からどのようにして逃れればいいのか、途方に暮れる。ただ一人でパリに戻ることを考えるのは自尊心が許さず、また、着いたばかりのヴェネツィアに対する渇望をまだ満たしてもいない。自分の家からこれほど遠く離れたホテルの一室でただ一人涙を流し、病に伏しているために、かくも長い旅路と疲労を重ねたとは！　だが、おそらくはあまりに素早く彼女を夢中にさせた、この悔い改めることのない若者を自分のもとに連れ戻す望みを彼女は抱いてはいないか？彼女は子供達のことを、子供達に強いた犠牲のことを考える。それも、今では軽蔑か嫌悪の対象のように彼女を拒絶し、女の尻を追い回しているこの恩知らずな男について来るためにであった。彼女はこの旅が遠からず破滅に向かうような気がする。しかしながら、別れを予想するには、悪戯《いたずら》っ児アルフレッドに対して愛情を持ちすぎている。だが、こうした状況にさらに長い間、耐えられるだろうか？　彼が夜、ホテルに戻ってくる時、彼女は非難がましいことを一切言わず、いつも涙を抑える。時間の働きにまかせる決心をしたのだ。

彼女の健康状態はほとんど改善しない。だが、力を振り絞ってミュッセと一緒にジュデッカ島に出かける。ラグーナ（潟）のひんやりした空気、周囲の鮮やかな色彩、喜びの漲《みなぎ》る雰囲気が彼らに天国に来たと信じさせる。ピアッツェッタ（小広場）にひしめいている住民や乞食を忘れさせる、十分手入れされた庭や、すでに花が咲いている野原を目にして、彼らの活力がよみがえる。この島にいる間は、あらゆる確執が忘れられよう。河岸から彼らは、巨大な絵のように、ヴェネツィアとドゥカーレ宮殿を遠くに見る。宮殿の白い大理石がティエーポロ*のフレスコ画のように、モーヴ色とバラ色がにじんだ、この地方独得の青空にくっきりと浮かび上がっている。あまりに苦しみの多いこの旅の間のひとときの晴れ間であった。一八三四年二月三日、「シャンソン」を詠む時、詩人は若々しさと歓喜のもっとも生き生きした思い出の一つとして想起するだろう。

＊　ティエーポロ（一六九六－一七七〇）　イタリアの画家、ヴェネツィア派。寺院のフレスコ画を多く描く。

ジュデッカ島の　サン＝ブレーゼで
あなたは、あなたはとても幸せだった

ジュデッカ島の　サン＝ブレーゼに
僕達はたしかに行ったのだ。

だがあなたはそのことを
思い出してくれるだろうか？
だがそのことを思い出して
再び　行ってくれるだろうか？

ジュデッカ島の　サン＝ブレーゼで
花咲く野原でクマツヅラを摘むために
ジュデッカ島の　サン＝ブレーゼで
命の限り　暮らすために

だが、ジョルジュの病状が突然、悪化する。激しさを増すばかりの絶え間ない下痢、発熱、耐えられないほどの頭痛。サンドはもはや、前日までのように、外出するために力を振り絞ることさえできない。彼女は二週間、病床にある。アルフレッドは何時間か、相手をする。だが、ホテルの部屋の単調さにたちまちうんざりする。健康と若さから、彼は果てしなく続く病気にいらいらして足踏みする。やがて愛人のみじめな状態を露骨に軽蔑するようになり、次第にホテルを留守にし、繰り返し読んでいるカサノヴァの『回想録』を頼りに、歓楽街に通う。日中はキャバレーやカフェをうろつき、ほろ酔い気分のその場限りの仲間達とサモス島やキプロス島のワイン、あるいはオリエントの砂糖を入れたワインを飲む。ショーを熱望して、夜にはヴェネツィアでもっとも豪華な、フェニーチェ劇場に足を運ぶ。劇場を出ると、若い芸術家達をからかい、ついで娼婦達を相手にする。ある夜、ジョルジュに告白さえした。

「僕が若く、まだ汚れを知らず、純真だった頃、悪徳は僕の目には素晴らしい世界に見えていた。僕にも許されるようになると、僕は大喜びでその世界に突進したんだ」

ジョルジュは詩人のこうしたバイロン的な面に惹きつけられもし、同時に、嫌悪を感じもしたが、お互いの深い愛と優しさでこの放蕩の欲望を克服できるだろうと考えていた。彼女は、後に、一八三四年十月末、彼への手紙に書く。

「私が病気になったその日に、あなたは病気の女は陰気で厄介きわまると言って、不機嫌にならなかったかしら？　私達の仲たがいは最初の日からではないかしら？（……）あなたは私を退屈の権化、夢みる女、愚かな女、修道女などと呼びました。あなたは私を傷つけ、侮辱し、私はそのことをあなたに言いました。私達はもう愛し合ってはいませんわ、愛し合わなかったのです」

じっさい、この時からジョルジュは出発できる状態になれば、帰国する計画を立てる、少なくとも、後に彼女が書くところでは。しかしながら、彼女は、金髪の巻き毛の、美しい愛人を一人でヴェネツィアに残しておくことを、これほど若く、言葉が十分に理解できず、わずかなお金さえ持たずに異国に残しておくことをためらう。彼に対して母親のような態度をいつまでも取り続けるだろう。この後、彼女が愛することになる男達の多くに対してと同様に。

ある夜、外出する前にアルフレッドは彼女のベッドに近づき、何の前置きもなく明言した。

「ジョルジュ、僕は思い違いをしていた、許しておくれ。僕は君を愛してはいないんだ」

仲たがいがはっきりしたように思われる。だが、この美貌の詩人はしばしばきわめて対照的な二つの人格を見せることが、サンドにはずいぶん前からよく分かっていた。陽気で、魅力的で、甘えん坊であるかと思えば、その数分後には、粗暴で、我慢のならない、嫌な人間になる。いずれにせよ、彼らは再度、寝室を別にすることにした。

一月十日、ミュッセはあいかわらずバイロンの足跡をたどって、一人でサン・ラッザロ・デリ・アルメーニ島に発つ。バイロンはアルメニア語を学ぶためにこの島をたびたび訪れた。この計画はずいぶん前から二人で入念に作り上げたものだ。ヴェネツィアからの海路は、「イタリアのもっとも美しい光景の一つ」であると、この時代の案内書に記されている。中篇小説、『ティツィアーノの息子』（一八三八年）でミュッセは書く。

「ピッポとベアトリーチェはゴンドラに乗り、アルメーニ島のあたりに舟を進ませた。ヴェネツィアとリド島の間、空と海の間のまさしくそこに、月光の美しい夜、ヴェネツィア風に愛を交わしに出かけることを読者諸氏にお勧めしよう！」

島の修道院は、十八世紀にトルコ人から追放され、静謐この上なき共和国に逃れてきたアルメニア人達に与えられた、かつての癩隔離病院である。ここに彼らの芸術や歴史の至宝を運び込み、保護することができた。見事な木々の植えられたこの島はきわだって美しい、緑豊かな外観を見せているが、そればかりではない。アルメニア人達はピエトロ・ロンギ*やティエーポロの絵画、多数のインクナブラ〔初期木版活字本〕など、珍しい蔵書をここに保管している。

＊　ロンギ（一七〇二－八五）　イタリアの画家。

アルフレッドは、二人でしばしば語り合ったこの島の散策に彼の愛人が夢中になることはよく分かっている。だが、彼には彼女の回復を待つ熱意も欲求もない。したがって、彼は一人でスキァヴォーニの岸から乗船する。修道院では、ヒエロニムス会修士の副司教に迎えられた。副司教は建物のなかを案内し、所蔵品のなかの逸品を見せる。子供っぽい署名が「パリのミュッセ氏」の訪問を証言している記録簿が、現在も図書室にある。アルフレッドはこの記録簿をめくり、数ページ前に、アルメニア文字で二度、記されたバイロンの名を見つけて感動する。十七年前の署名であった。

やっとジョルジュは体力を取り戻し始める。ほとんどの時間、一人きりである。まだ歩けるほどには回復していないため、しばしば部屋のバルコニーに出る。色とりどりの服装をした散策者達の絶え間ない往来、ゴンドラの船頭達の冗談や口論、遠くから聞こえる鐘の音が彼女の悲しみをまぎらす。スキアヴォーニの岸を往き来する大勢の通行人達はこれほどまでに悲しげなまなざしで、遠くを航行するゴンドラや船を見つめている、褐色の肌の美しく若い女性に目を上げずにはいられない。日中は、サン・ジョルジョ・マッジョーレ島をあかず眺める。静謐この上なき共和国のなかでもっとも有名な建造物の一つであるサン・ジョルジョ・マッジョーレ教会はパッラーディオ*が建設したが、彼女が青春の頃から思い描いてきたイタリアには必ずその姿があった。画家グアルディが不滅のものとし、彼女がパリであれほどしばしば夢みたこの眺めを、今や眼前に見ているのだ。

* パッラーディオ（一五〇八-八〇）　イタリアの建築家。古代史研究家。作風は「パッラーディオ様式」と呼ばれ、復古主義の先駆となった。

彼女の健康状態は良くなっているように見えはするものの、無気力な状態があいかわらず続いている。サンティーニという名の医者が、この時代の治療法に従って、瀉《しゃ》血を試みたが、動脈に刺すことができない。ヴェネツィアのやぶ医者に驚いて、アルフレッドは、口にランセットをくわえ、がっかりして顔を上げ、「動脈がない」と言っている、医者の姿を素描する。

無力なサンティーニは退出を余儀なくされる。

相談を受けたホテルの主人は、サンティ・ジョヴァンニ・エ・パオロ病院の助手であり、ヴェネツィアではすでに名の知れている、ピエトロ・パジェッロという二十七歳の若い外科医を知っていると言う。そして主人自ら、迎えに行くことを申し出る。パジェッロはこの有名なカップルを最初に目にした時のことを『日記』に記している。

「医学の勉強を終え、ヴェネツィアに住んでいた私に患者ができ始めていた。ある日、旅行家であり、文学にも通じていたジェノヴァの友人とスキアヴォーニの岸を散歩していたが、アルベルゴ・ダニエリ（別名ロイヤル・ホテル）の窓の下を通りかかった時、二階のバルコニーに座っている女性に気がついた。漆黒の髪に、物憂げな顔、だが、目には決然とした力強い表情を浮かべている。その身なりはどこか奇妙であった。後ろで結った髪を小さなターバンのように深紅のスカーフで包んでいた。首には雪のように白い襟に可愛らしく留めたバンド。そして、傍らに座っている金髪の青年と語らいながら、兵士のような屈託のなさで、パキトスを吸っていた。私は足を止めて、女性を見つめた。私の連れが私をそっと揺すぶりながら、『おや！　おや！　君はあのたばこを吸う魅力的なご婦人に心を奪われたようだね……知っているのかい？』『いや、そうじゃない、だが、ぜひとも知り合いになりたいものだ。非凡な女性にちがいない。多く旅してきた君の考えを聞かせてくれ給え』」

「（……）今朝、ホテルの主人ダニエリが私を迎えに来た。そして私はあのたばこを吸う女性のアパルトマンに案内された。小さな椅子に座り、手で頭を物憂げに支えていた彼女は、激しい頭痛を和らげてほしいと私に懇願した。私は彼女の脈をとった。瀉血を勧めると、彼女は承知した。瀉血後、すぐに楽になった。別れぎわに、彼女は私の意見をたずねはしなかったが、再度の往診を求めた。

「彼女にずっと付き添っていた金髪の青年は、階段の下までいんぎんに私を送って来た。これが今日起きたことのすべてだ、だが、甘美な予感か、苦い予感か、私には分からないが、『あの女性に再会することになるだろう、そして、あの女性が私の心を支配するだろう』という予感がした」

パジェッロは翌日、再び姿を見せた。ジョルジュが出迎え、ずいぶん良くなった、と言った。

この時から急速な回復が始まる。二週間後、ジョルジュは元気になった。彼女の何よりの気がかりはパリと直ちに連絡を取ることであった。一月二十八日、いつもかわらず心を許せる友であり、アンリ四世校にいるモーリスの監督者でもあるジュール・ブコワランに宛てて、不幸な出来事には少しも触れず、故意に快活な調子で書く。

「こちらは今、カーニヴァルの季節です。日曜日になると岸や広場に仮面が溢れます。野蛮人に仮装した人々や、ナポリやヴェネツィアの釣人などの一団がいます。衣裳はなかなか見事です。彼らは音楽家達と一緒に、旗を飾った小舟でラグーナ（潟）に到着します。昔のヴェネツィアやその祝祭について残されている幻想的な描写に比べれば、確かに生彩に欠けています。それでも、われわれパリから来た者の目には美しく見えます。それに、本物の仮装行列は『灰の水曜日』前の三日間しか行なわれません。民衆のカーニヴァルはヴェネツィアでまだひどく珍しいということです。どういうものか、あなたにお伝えしましょう」

ついで彼女は決然と仕事を再開する。彼女はビュロに『ジャック』の原稿を送ることを約束していた。直ちに取りかかる。加えて『レオーネ・レオーニ』と『アンドレ』の執筆に没頭する。

この旅のあいだ、一行も書かないアルフレッドは、彼女がたえず書き物机に向かえることに嫉妬する。興が乗った時にしか仕事ができない、それも命令されずに、と彼は言う。イタリアは、じっくり構想を練ることなく取組むには大きすぎる主題に彼には思われる。仕事をするためにヴェネツィアにいるのではない、と彼は繰り返し言う。ジョルジュがとがめる。彼女は、ビュロが彼の必要としている援助金を送るために原稿を待ち構えていると、念を押す。彼は、ヴェネツィアはあらゆる快楽の街だと答える。

今や彼は何日間も姿を消し、疲れ果て、酔っ払い、粗暴になり、嘲笑的で、とげとげしくなって戻ってくる。二人の愛人が顔を合わせるわずかな時間にも、口論が絶え間なく繰り返される。大きすぎる痛手を受けた彼らの神経にとっては早急に別れることがぜひとも必要であり、望ましい。

アルフレッドは一人で暮らすことのできる住居を探すためにヴェネツィアの街を歩き回る。あいかわらずバイロンの思い出に取りつかれている彼が最初にしたのは、イギリスの詩人が十七年前に滞在したモチェニーゴ館に部屋の有無を問い合わせることであった。ミュッセは何年も前からこの館の一室に住むことを夢みている。ああ、なんということだ！　館の途方もなく広く、凍てついた部屋には冬のこの時期、陽の光は決して射しこまず、豪奢な家具も、威光ある舞台も、感動的な数々の思い出も、闇と冷気のなかに沈んでいる。加えて、部屋代は感興の湧かない詩人の財布にはあまりに高すぎることが判明した。したがって、アルフレッドはアパルトマンを借りることを諦めざるを得ない。それでも、彼はアルバムにクロッキーを描いて、満たされぬ思いを具体的に表わさずにはいられない。「一人の男が山高帽をかぶって直立し、下手なイタリア語で『館《パラッツォ》を所有している、バイロン卿』と言う」。キャプションは「ヴェネツィア――モチェニーゴさん」とも記している。

ミュッセはこの夢を完全に諦めはしない。はるか後になって、『白つぐみの物語』のなかで触れるだろう。

「僕はヴェネツィアに行き、カナーレ・グランデ（大運河）に近い（……）美しいモチェニーゴ館に部屋を借りよう。一日あたり四リーヴル十スーだ。そこで、『ララ』の作者が残したにちがいないあらゆる思い出から霊感を得るだろう」

数日の間、ミュッセは冷たく、不衛生な裏通りを歩き回り、けっきょく、みすぼらしい部屋の一か月の賃貸契約を結んだ。長椅子の座はつぶれ、壁は湿気のためにしみができていた。だが、運命はその部屋に衣服を運び込む時間さえ彼に与えなかった。つまり、今度は彼が、一月三十日頃、重病に倒れた。謎めいた病気？　彼がどんな病気に苦しんだのか、現在も正確には分かっていない。彼を死の淵まで追いやり、十七日間、半ば昏睡状態に陥れた、腸チフスだとサンドは主張する。ヴェネツィア病？　いわゆるラグーナ（潟）の空気のせいだとされるこの病気に見舞われた同時代人達の名をジョルジュは挙げる。「外国人を襲うが、旅行者を逃がさぬために医者達が毎年のようにその名を変更する」この病気に、驚くべき偶然でバイロンもまた襲われたらしい。うわ言に近い状態、くらくらする頭、燃えるように熱い皮膚、極端な拍動、不眠。

ジョルジュは不安になる。アルフレッドの枕元に座り、ひと時もそばを離れない。愛情をこめて彼の枕を整え、煎じ薬を準備し、病人の不安を鎮めるために、その燃えるように熱い額にそっと手を置く。彼女にあってはまったく自然な、弱者に対する母親のような優しさ。しかしながら、病状は急速に悪化する。二月四日から五日にかけての夜アルフレッドは高熱とともに錯乱の発作に見舞われる。彼はうわ言を言う。ジョルジュは直ちに、ヴェネツィアでただ一人知っている医者、パジェッロ博士を呼ぶ。

「アルベルゴ・レアーレに宿泊するフランス人の容態を、すぐれた医者とご一緒に、できるだけ早く診察に来てくださるようお願いいたします。命よりむしろ頭を心配しているとあらかじめ申し上げておきます。病気になって以来、判断力が極端に弱まり、ほとんど子供のような考えをします。とはいえ、確固とした性格と強烈な想像力を持っています。フランスで称賛の的になっている詩人です。けれども、頭を使う仕事による興奮やワインや浮かれ騒ぎ、それに女や賭事が消耗させ、神経を高ぶらせたのです。ごく些細なことに、まるでそれがきわめて重大なことであるように、興奮します。三か月前のことですが、深刻な不安が引き金になって、一晩じゅう狂人のようでした。自分の周りに多くの亡霊を見て、恐怖のあまり大声でわめきました。今もいつも不安におののいています。今朝は自分が何を言っているのか、何をやっているのか、ほとんど分かっていません。ただ涙を流し、言いようのない、理由のない病気を嘆くばかりです。帰国したがり、今にも死ぬか、狂人になりそうだと言うのです」

パジェッロは同僚の一人とともにダニエリ・ホテルに駆けつける。数日の間、彼もまたアルフレッドの枕元からほとんど離れない。病気の結末が予測できず、毎日のように二人の医者は「あまり期待もできないが、絶望することもあまりない」と繰り返す。

二月七日から八日にかけての恐ろしい夜、六時間に及ぶ錯乱が詩人の心に恐ろしい幻覚を生み出した。彼は素裸で、わめきながら、部屋のなかを駆け回る。ジョルジュは彼の前に立ちはだかって、彼を鎮めようとする。彼が彼女の首を締めようとするのを、ホテルの男が二人がかりでやっと阻んだ。

サンドにはもはや執筆する時間がなく、たちまち、お金が底をつく。彼女は窮状をブコワランに打ち明ける。

「この手紙をビュロに渡してください。アルフレッドの健康状態に、おそらく大いに関心があるでしょうから。今日はビュロに手紙を認《したた》める力がありません。お金のない、これほど恐ろしい状況に私を放っておかないよう、彼にお願いしてください。（……）アルフレッドの病気のことは絶対に秘密にしてくださいビュロにも口をつぐんでいるよう、命じてくださいな」

彼女はこの旅がパリの文壇に格好の話題を提供していること、自分の不運は中傷者達を喜ばせずにはおかぬことを、母デュパン夫人からの手紙で知っている。彼らにそうした喜びを与えたくはないばかりか、アルフレッドの母の心痛を和らげたい。

ジョルジュは今では毎晩、徹夜でアルフレッドの看病をする。ほとんどいつも、パジェッロ博士が夜遅くまで彼女に付き添う。生まれ始めた友情と自分の医学的知識が彼女を安心させ、この試練を乗りきる助けになるだろうと、彼は考える。

医者はこのカップルに心を打たれ、一日一日、少しずつ、緊密に結ばれてゆく。『日記』に心のうちを打ち明ける。

「ジョルジュ・サンドは私と共に、彼の枕元で、夜を徹して看病した。この徹夜の看病の間、われわれは言葉を交した。ジョルジュ・サンドが私に見せた優雅さ、気高い精神、心地よい信頼は私の気持ちを、日を追うにつれ、時間を経るにつれ、よりいっそう、彼女に結びつけた。われわれは文学や詩人達や、イタリアの芸術家について、ヴェネツィアの歴史や記念建造物や風習について語った。だが、時々、彼女は私の話を遮って、何を考えているのか、とたずねる。話をしていて、うわの空になっていたことに不意に気づいてどぎまぎし、真っ赤になって大いに言い訳の言葉を重ねた。彼女の方は見過ごしてしまいそうな微笑を浮かべ、いとも繊細な表情のまなざしで、私に言った。『まあ！　先生、無数のおたずねをしてすっかりご迷惑をおかけしていますわ！』」

二月のある夜、アルフレッドは、眠りたいので離れてくれるよう、二人に頼んだ。カーテンを引き、サンドとパジェッロは暖炉の前のテーブルに向かい合って座った。テーブルの上のランプが二人の顔を照らしだす。ジョルジュがペンと紙を準備するのを見て、医者は、ヴェネツィアを主題にした小説を書くつもりなのか、とたずねた。

「たぶん、そうですわ」と彼女は謎めいた微笑を浮かべて答える。

それから、彼女は素早くペンを走らせ始めた。邪魔をしないように気遣い、パジェッロは近くにあったヴィクトル・ユゴーの一巻を手に取り、ざっと目を通し始めた。ゆうに一時間が過ぎた頃、ジョルジュはペンを置き、両手で頭を抱え、少なくとも十五分ばかり、そのままの格好でいた。やがて彼女は立ち上がり、紙を封筒に入れ、その上に鉛筆で素早く、「まぬけなパジェッロさんに」と書きつけて、彼に差しだした。

「あなたにですわ」

彼女はテーブルの上のランプを手に取り、眠っているアルフレッドの方にそっと近づく。

「先生、夜は心配ないと思われるでしょうか？」

パジェッロは彼女を安心させる。

「それではお帰りください。さようなら、また、明朝に」

医者は封筒をポケットにおさめ、薄暗い裏通りを一人、帰路につく。家に戻ると彼はすぐにジョルジュに渡された文章を読む。「モレアで」と題されたその文章は、文学史上、もっとも名高いものの一つとなるが、ともかくこの題名は彼には奇妙に思われた。モレアは、ギリシャが蜂起し、トルコの圧制に抵抗した時代のペロポネソス半島の名である。だが、フランス人のカップルのそばでの徹夜の看病とどんな関係があるのか？　確かに、一八二七年、ドラクロワがこの挿話を描いた絵をパリで展示したことを彼は知っている。ジョルジュと芸術について語り合った時に、画家がギリシャを、瓦礫のなかから姿を現わす若く自由な女性として表現したことを、彼女はたびたび話した。

今、彼は何を理解すべきか？　この謎めいた題名に新しい自由な生活への憧れを読みとるべきなのか？

　読み進む彼はあっけに取られる。

「異なった空の下で生まれた私達は考え方も言葉も違います。でも、少なくとも心は似通っているでしょうか？

「私の故国の生暖かく、霧の多い気候は私に穏やかで、憂愁にみちた刻印を残しました。あなたの顔を褐色に焼いた太陽はどんな情熱をあなたに与えたのでしょう？　私は愛し、苦しむことができます。あなたはどのように愛するのでしょう？

「あなたの熱いまなざし、あなたの腕の激しい抱擁、あなたの大胆な欲望が私の心を駆りたてもし、怖じ気づかせもします。あなたの情熱を打ち負かすことも、分かちあうこともできません。（……）あなたが口にする私の国の言葉はわずかに数えるほどです。私の方も、これほど微妙なことをおたずねするには、あなたの国の言葉を十分に知りません。（……）私はあなたの友人になるのかしら、それとも奴隷かしら？　あなたは私が欲しいのかしら、それとも愛していらっしゃるのですか？　あなたの情熱が満足されれば、私に感謝してくださるのかしら？　あなたを幸せにして差しあげたら、そのことを私に言ってくださいますか？（……）愛の歓喜はあなたをあえがせ、けだるくさせるのでしょうか、それとも、崇高な恍惚のなかにあなたを投げこむのかしら？　あなたが愛している女性の胸を離れても、あなたの心は肉体の後に生き続けるのでしょうか？」

この夜、パジェッロは眠ることができない。燃えるような、長い手紙を読み終えた時、彼はまずこの狂おしい文章を書いた女性に愛を告白するために、大急ぎで出かけようとする。だが、彼は思い直す。彼を狂喜させた手紙が、たちまち、彼を深刻に考えこませる。どのような道にこれから身を投じることになるのか？　事の成り行きが彼を怖じ気づかせる。こうした関係はヴェネツィアでの医者としての評判を傷つけはしないか？　自分をあれほどまで信頼し、今、回復期にあるミュッセの前で、どう振舞えばよいのか？

パジェッロは目を上げて、一年前に亡くなった母の肖像画を見る。母の言葉が聞こえるような気がする。

「私がおまえに教えた道徳の規範に著しく反するような女性に心を引かれることになれば、おまえは不幸になりますよ」

彼はベッドに身を横たえる、だが、眠ることができない。

日々の診察のために翌朝十時にダニエリ・ホテルに彼が出かけた時、不安な気持ちがなかったわけではない。アルフレッドは明らかに元気を回復して、ベッドに座っている。パジェッロも枕元に座り、友情をこめて雑談する。ジョルジュの不在に気づき、たずねたくてたまらない問いを切りだす勇気がない。一体どこにいるのか？　自分を避けようとしているのか？　彼はたえず隣室の扉をうかがう、だが、奇妙な手紙を書いた女性の小柄な姿が浮かび上がるのを目にしたいと願っているのかどうか、自分にもよく分からない。

突然、扉が開き、ひどく優雅な姿でジョルジュが現れる。ハシバミ色のサテンのドレスに、白い手袋をはめ、ダチョウの羽根を飾ったビロードの小さな帽子をかぶり、凝った唐草模様のカシミヤの大きなショールをゆったりまとっている。パジェッロは急に話すのをやめる。ミュッセは困惑し、また、あっけに取られて彼女を見つめる。ジョルジュはほほえみながら、真っすぐに目を見つめて、医者の方に歩み寄る。

「パジェッロさん、ご迷惑でなければ、小さな買い物に一緒に行ってくださいな」

パジェッロは当惑もし、また、光栄にも思って、頭を下げて承諾する。だが、部屋を出るとたちまち朝の冷気が彼の心をかきたて、大胆にする。二人はサン＝マルコ広場に行き、プロクラトル（財務執政官）の回廊を歩いて三時間ばかり過ごす。足を止めては店の陳列窓や、飛び立つ鳩、カフェの前のギター弾きを眺める。彼らは大聖堂に沿って歩く。ピエトロはオロールに、半円アーチのタンパン〔開口部のアーチと楣《まぐさ》で囲まれた半円形の小壁〕の金色を背景にした色鮮やかなモザイクを指し示す。彼女はこれまでの人生で初めて、フランスにはない芸術の一形式を見つめ、画家達の名を知らないことに驚く。これほどまでに自分の心を魅了しているモザイク芸術についてすべてを知りたいと思う。

次にパジェッロは、板張りにした小部屋でシャーベットを味わおうと、カフェ・フロリアンに案内する。ジョルジュは、この呪われた旅の初めからどれほどの試練をアルフレッドと経てきたか、そして、若い医者の存在が彼女にとってどれほど心の支えになっているか、率直に打ち明ける。彼女はやっと昨夜の手紙について話す。今度は彼が愛を告白する。数日後、彼らは愛人となった。

たちまち、新しいカップルは慎みを失い、親密さを隠そうともしない。いつも嫉妬深いアルフレッドはすぐに疑いを抱く。意識がもうろうとしているために現実を正確に見分けられず、彼を動転させる幻覚、おそらくは夢を見た、と後に兄に語っている。ある時、パジェッロはアルフレッドが眠っていると思い、そっと脈を取った。だが、わずかに不器用に、予期したより速く腕を降ろしてしまった。アルフレッドは突然、嗜《し》眠状態を脱し、半ば無意識のなかに、膝の上に座った若い女性を男性が抱擁しているのをおぼろげに見る。二人の見知らぬ人物の顔が彼には見分けられず、幻覚にとらわれている気がする。おそらくは現実として認めたくなかったのであろうか？　彼は心が激しく乱れるのを感じる。

数日後、パジェッロはアルフレッドの部屋に夜遅くまでいた。ジョルジュがランプを手にして、つい立ての後ろを足音を忍ばせて通り、戸口まで送って行く。アルフレッドの目の前で、投影され、拡大された影が壁に抱き合う二人のシルエットを描きだす。アルフレッドは夢を見ているのかと自問する。熱があるにもかかわらず、彼は立ち上がり、やっとの思いで、彼らが宵を過ごしたと思われるテーブルまで歩いて行く。二人が紅茶を飲んだことを彼は覚えている。

「僕は目を凝らしてテーブルを見た。茶碗が一つしかなかった！　僕は思い違いをしてはいなかった。二人は愛人だった！　もはやいささかの疑いもなかった。もうたくさんだ」と、後に彼の自伝的小説『世紀児の告白』に綴る。

アルフレッドの病気が治る頃、ジョルジュとパジェッロはある日、ミュッセを一人部屋に残して、ゴンドラでムラーノ島に行く。彩色したり金箔を張ったモザイクガラスを製造しているこの島を訪ねることに、新しい愛人は強い興味を抱くだろうとピエトロは考える。ジョルジュはガラスの製造技法や、職人達の仕事場に熱中し、長い時間、見学する。いくつかの工房での製造過程や、そこで働いている職人達の同業組合、手本として使う画家の下絵について数多くの質問をする。

サンドとパジェッロはサンタ・マリア・エ・ドナート教会を訪れ、鷲や孔雀や空想上の動物が多数、描かれたモザイクの床に長い間、足を止める。作家の想像力は、小説の今までにない主題、フランスではまったく斬新な主題に取り組むためにすでに駆け巡っている……

こうした見地から、ヴェネツィアに戻ると早速、サン＝マルコ大聖堂のモザイクを調べるために、パジェッロは彼女を案内する。その燦《さん》然とした輝きがムラーノ島のモザイクにも増して、ジョルジュを驚嘆させる。彼女はまず審美家として、芸術家として眺める、だが、英国出身の修道女達のアウグスティヌス会修道院を出て以来、眠っていた宗教的感受性が深く揺り動かされるのを感じる。素朴で、色彩豊かな、これらの多様な像の前で彼女は初めて祈りたいという気持ちになった。大聖堂のなかでひざまずき、頭を手にうずめて、長い時間、祈り、涙を流している彼女の姿を、パジェッロは『日記』に記している。

「聖堂を出た時、彼女は悲しそうであった。もう一度彼女にその訳をたずねた。すると『少しの間、祈りをささげ、涙を流しました。でも、私は祈ることにも、涙を流すことにもふさわしくないのです』と彼女は答えた」

「燭台がともされ、金と大理石の内壁をきらめかせる薄暮の時に」、『旧約聖書』や『新約聖書』の場面が彼女の存在のもっとも奥深いところを激しく揺り動かしたにしても、彼女は「無数の天使や聖人達」、とりわけ、ティツィアーノの描いた黒い翼の天使達と、ティントレットの素描を模写した『黙示録』の光景に、よりいっそう心を奪われた。

こうした見学に続いて、彼女は、東洋やビザンチンの影響を深く受けた才能でヴェネツィアの栄光に寄与した、十五世紀の職人や芸術家達の同業組合の生活に関する調査を始めることにした。この目的で彼女はたびたびマルチャーナ図書館に足を運ぶ。そして、数年後、この時のメモや思い出をもとに、『モザイク職人の親方達』を息子のために書き、序文で言明する。

「なぜだか分からないが、この本ほど楽しみながら書いたものはほとんどない」と。

ミュッセが完全に回復した今、ジョルジュとピエトロが毎日、あう時間はもうすぐなくなるだろう。二月の終わりに彼女は新しい愛人に書く。

「一か月の間、二人の秘密を隠すだけの慎重さと幸運があなたと私にあるでしょうか？　恋する二人は忍耐心を持たず、隠れて行動することができないものです。（……）二、三日後にはアルフレッドが再び疑い始め、疑いはおそらく確信に変わりましょう。彼が怒りと嫉妬で気狂いのようになるには、私達が目配せするだけで十分です。今、彼が真実を発見すれば、彼を鎮めるのにどうすればいいでしょう？　彼を裏切ったことで、私達を憎悪しますわ。（……）あなたがお考えになることも、おやりになることも一つ残らず公正で、道徳にかなっています。ええ、あなたを愛していますわ、いつも変わらず愛すべきであったのはあなたです。どうしてこんなに遅くなってあなたに出会ったのでしょう？　今では歳月でしおれてしまった美しさと、数々の失望で衰弱した心しかあなたに捧げることができません」

そして、数日後、

「私達は苦しんでいます、ええ、苦しんでいますわ！　あなたには勇気がおありですか？　私の勇気に力を与えるために、あなたの勇気が必要です、というのも私は悲しみのあまり死にそうなのです。アルフレッドのそばで過ごす私の毎日はおそろしいほどです。私達はともにひどく苦しみましたから、もう穏やかな気持ちにはなれません。私達が交わすどんな会話にも苦渋が溢れています。お互いに与え合った苦しみのことで直接間接に非難し合わずには、過去のことも、現在のことも、未来のことも話すことができないのです。数日後には仕事をしたり気晴らしをする力が出て、私達の親密な関係が今よりも耐えられるものになりましょう。それにしても、憂愁と悲しみが私を悩ませています。辛抱できるよう私を助けてくださいな。あなたの苦悩を私にお見せにならないで。他のどんなことより辛いのです」

二月末、サンドとパジェッロは連れだってフェニーチェ劇場に足を運ぶ――「アルフレッドが腹を立てようが、立てまいが」。フランス人は旅行者達、とりわけバイロンの旅行記を読んで、この劇場がイタリアでもっとも美しい劇場であること、この時代、整備が行き届いていなかったミラノのスカラ座より豪奢であることを知っている。まさしくロマン主義の芸術家であるサンドは、この陶然とする場所でパスタ*のような偉大な歌姫を聴くことを夢みている。

＊　パスタ（一七九七―一八六五）　イタリアのソプラノ歌手。劇的表現にすぐれる。

初めて劇場に入って、まず、話し声と騒々しい笑い声の絶え間ないざわめきに驚く。作品を完全に聴きたければ、平土間に座ることが肝要である。桟敷席は、上演中に友人達をそこに迎えいれる上流社会が一年契約で予約したり、購入している。ろうそくのあかりでトランプ遊びをする「聴衆」もいる。隣接する小部屋ではシャーベットやココアばかりか、牡蠣《かき》までも供される。

歌姫の崇高なアリアはしばらくの間、ざわめきを静める。トランプ遊びやおしゃべりをやめて、歌姫が首尾よくやり通せるかどうか見届けようとする。彼らは難しい一節を待ち構えているのだ。首尾よくいけば、熱狂して騒々しく拍手喝采し、二十回も舞台に戻って来させることをためらわない。花が投げられる。出口では、彼女の馬車の繫駕を解き、住居まで意気揚々と運ぶ。反対に、観客を失望させると、哀れな歌姫は、失敗を見越して木製の洗濯べらや笛や騒々しい道具を持参している群集の野次のなかを、頭を垂れて退散するほかない。

フェニーチェ劇場で、ジョルジュとパジェッロはたびたびパスタを聴く。サンドは以前、スタンダールから話を聞いていたし、パリのイタリア座で聴いてもいた。二人はまた、ヨーロッパ中でもてはやされ、その並外れて力強い声で知られるドンツェッリ*に拍手を送る。

* ドンツエッリ（一七九〇―一八七三）　イタリアの歌手。

外出を重ねる間に、ジョルジュとパジェッロの愛に、容易に吹き散らすことのできない、多くの暗雲が早くも立ちこめる。ピエトロはしばしば大きな悲しみの発作に見舞われ、黙りこんでしまう。ジョルジュは、彼の奥底にある思いを鋭く感じとり、それを消し去ろうと努める。日頃の生きることへの欲求にもかかわらず、彼女もまた、絶望の時を過ごす。パジェッロと出会う前の数週間、彼女はもう二度と愛することも、幸せを感じることもできないと思って、しばしば自殺を考えた。今の彼女は、アルフレッドがパリに戻ることを望んでいるものの、そのことを自分から切りだすだけの勇気がない。確かに彼は苦しむだろう、だが、彼こそがその秘訣を知っている、めくるめくような新しい愛のなかで、波乱に富んだイタリアの日々をたちまち忘れるだろう。

折よく、気分転換させる出来事が生じ、紛糾した状況の嵐を数日の間、追い払うことになった。三月初め、ミュッセの友人アルフレッド・タテがヴェネツィアに立ち寄り、ダニエリ・ホテルに駆りつけたのだ。彼は熱烈に歓迎された。夜、くつろいだ雰囲気のなかで、長い間、雑談した。ジョルジュは、彼女の新しい関係について一切、打ち明けず、ここでの事態の成り行きに対するつらい思いを表わすにとどめる。かわりにミュッセが状況をほのめかす。

タテはジョルジュを伴って、歩いたり、ゴンドラに乗っての長い散策をする。彼らは美術館や記念建造物を訪れる。やっと彼女は彼にピエトロ、「きわめて著名なパジェッロ先生」を紹介する。

タテは、オロールが桟敷席を予約したフェニーチェ劇場に連れだってたびたび出かける。彼らは再びパスタを聴く、今度はサヴェリオ・メルカダンテ*の『アンティオキアのエンマ』からであった。

* メルカダンテ(一七九五―一八七〇) イタリアの作曲家。

タテの出発後、ジョルジュは彼に三月二十二日、五ページに及ぶ手紙を書く。
「もし誰かがあなたに、あの残忍なレリアについてどう思うかとたずねるようなことがあれば、あの女は海水と人間の血で生きているのではないとだけ、お答えくださいな。(……)あの女はゆでた若鶏で生きていると、朝はスリッパをはきメリーランド産のたばこを吸っていると、言ってくださいな。普通の人と同じように苦しむのを目にし、嘆くのを耳にしたことは、あなただけの思い出にしまっておいてくださいな」

ダニエリ・ホテルが二人の資力には高くなりすぎ、アルフレッドとジョルジュは三月十三日に引っ越し、カナーレ・グランデのトラゲット(、、、)に通じる小路にある、サン・モイゼの質素な宿に身を落ち着ける。こうした場所に近いことが病みあがりには好ましくない喧噪と往来をもたらすことを二人は予測しなかった。

「このトラゲットは公共のゴンドラのための渡し場である。カナラッツォの岸に設けられたトラゲットは、ゴンドラの船頭《ゴンドリエーレ》達とおしゃべりし、たばこを吸いに来るファッキーノ（赤帽）達の溜り場である。こうした男達はしばしば、芝居のように集まっている。ゴンドラに寝そべった一人があくびをし、星に向かってほほえみ、一方、だらしない身なりに、冷やかすようなようすで、縮れた長い髪の上にそり返った帽子をのせて、岸に立っている男が壁に大きなシルエットを描きだす。前者はトラゲットの空威張り屋である」

（ジョルジュ・サンド『ある旅人の手紙』第二信）

大声での会話はしばしば騒々しい口論となり、ののしり合う声がすぐ近くで部屋を借りている二人の耳まで上がって来る。上機嫌の時にはゴンドラの船頭達はしばしば声を合わせて、古今のありとあらゆるオペラから取り出して、つなぎ合わせたポプリ（旋律をつなぎ合わせて作った曲。メドレー）を歌う。彼らの歌を聴いていると、すっかり形を変えられてはいるものの、オロールは記憶のなかで、ロッシーニのファンタジアにマルチェッロの賛歌が混じり合っていることに気づく。オーバード*は夜明けに始まり、セレナードは夜遅くまで続く。とりわけ、満月が酔っ払った歌い手を高揚させる時は。二人は早々に再度、引っ越しする必要に迫られる。

＊ オーバード　朝の音楽の意。表敬のため人の家の前や窓の下で行う奏楽、また、その曲。

ジョルジュが一時間、外出すると、アルフレッドは三日三晩、けんかを売る。今では彼のそばにいると、牢獄に閉じこめられているように感じる。ほとんど毎日、パジェッロ博士に長い手紙を書くこと以外に何ができよう？　夜、カーテンを引き、アルフレッドが静かに眠っている時、彼女はピエトロに心の秘密を打ち明けたい欲求を感じる。

「今晩、あなたと一緒に外出するのをお断りせざるを得なかった時、私の心は引き裂かれました、そしてあなたがお帰りになった時、泣きたい気持ちになり、それは私にとって責め苦でした。でも、アルフレッドの顔に冷たさと悲しみが強く表われていたので、彼のためにこの犠牲を払わなければならないと思ったのです。ところで、私達の関係はすっかり損なわれ、かき乱されましたから、私達の間で何もかもが難しくなり、うまく行かなくなっています。私が出かけずにいるのを目にすると、彼は私が悲し気にしている、不満を隠すことができないと言って、非難しました。どうすればいいのでしょう？　もう愛してはいないのに愛しているふりをすることはできません。彼が今、私に示している愛、二か月前にはあれほど私を喜ばせた愛が私の心を打つことはもうありません、納得させることはなおいっそうありません。類似の愛とはどんなものでしょう？　私が彼の奴隷であった時、彼は私をわずかに愛しただけです。私が理性を取り戻した今、彼は傷ついた自尊心から私に執着し、まるで困難な征服をなしとげるかのように私を追いかけます。(……)この若者がそのことを理解できると思った時、私は盲目で、理性を失っていたのです。彼は気持ちを持ち続けることも、恨みを抱くこともできません。憎悪も愛もありません。優しくもなければ、意地悪でもありません。彼は美しく、愛想がよく、聡明です。私とは違った性格の女性とならば幸せになりましょう。一刻も早く彼に自由を返し、私の自由を取り戻したいのです。ああ、私の自由、神聖な自由! これを手に入れるのにあれほど苦労し、決して失わぬとあれほど誓った自由!

「でも、この自由を望んでいるのは、もう一度それを犠牲にするためにほかなりません。私の心がこの鎖を砕くのはもっと強い鎖を探すためにほかなりません。それは無分別この上ないことですわ、私にもよく分かっています。でも、あなたに絶対的な信頼を寄せないなど、あなたの愛のなかにこそ私の幸福があると信じないなど、私にはとうていできません。あなたが私の生活をご存知で、私の悲しい心を十分に分かってくださるとしても、あなたはきっと私が無謀だとおっしゃることでしょうね。(……)

「八か月前、私は死を考えながら暮らしていました。私がアルフレッドを愛した時から、たえず自殺を口にしました。あと一か月、あと一週間、それから、頭に二発だの、阿片を飲むだのが口癖になりました。私の生命など何の価値もないと考えていた時、あなたを知ったのです」

（一八三四年二月末あるいは三月初め）

再び発作がアルフレッドを打ちのめす。彼は、「気が狂ってしまう、気が狂ってしまう！」と大声をあげながら、部屋を駆け回る。ジョルジュはやっとの思いで彼を少しずつ鎮める。彼は実際に正気を失ったのか？ それとも、昼間、ゴンドラで散策した時、キプロス島のワインを飲みすぎたのか？ この出来事に関する多数の解釈から、二人の間に口論が始まったと考えられる。ジョルジュがろうそくの光をたよりに愛人に手紙を書いていることに、夢うつつのなかでアルフレッドは気づいた。彼は不意に立ち上がり、彼女が書いたものを読みたいと大声をあげる。激怒した彼女はいきなりろうそくを吹き消し、窓から手紙を投げ捨て、逃げ出すそぶりを見せる。アルフレッドは階段の上から彼女に向かって叫ぶ。

「君はおそろしいことを考えている、君の大切な医者の許に駆けつけて、僕を気狂いだと思わせようとしているのだ……」

翌朝、非常に早い時間にミュッセは部屋着を羽織って、まだ朝靄のなかに沈んでいる岸に手紙を探しに降りた。彼がやって来た時、すでに、肩にショールを掛けたジョルジュが地面に身をかがめて、しわくちゃに丸めた紙をいらだたしげに探していた。手紙は二度とどちらの手にも戻ることはない。

その日、ジョルジュはアルフレッドの気の弱さを理解する。詩人がフランスに帰国することが明らかに、もっとも簡単な解決法である。だが、むしろ、彼をジョルジュとピエトロの子供と見なすようには考えられないだろうか？　そうすれば、彼はもうしばらく、二人のそばにとどまっていることができはしないだろうか？

再び、パジェッロは、いろいろな理由で曖昧なこの状況のなかでサンドの心の許せる友となり、共犯者となる。

「見捨てられて、世話されることも、友情や助けを受けることもなく、これほど衰弱し、これほど精神が混乱し、ほとんど気力もない彼を目にして、私は絶望せずにはいられません。彼のためにまだ苦しまなければならないとしても、彼がもう一度、私の庇護のもとに身を置くのであれば、私は幸せです。（……）私達二人で徹夜で看病に当たりましょう。一方の憐憫が疲労困憊した時は、もう一人の慈愛が活気を取り戻しましょう。私がこの務めを最後までやり遂げるのを助けてください。いつの日か、お互いの腕のなかで愛に陶酔し、自責の念にかられることはなに一つないと言える時、私達はどれほど幸せでしょう」

とはいえ、日を追うごとに口論が増す。ある日、ミュッセが、身を投げたにちがいないカナーレ・グランデ（大運河）から引き揚げられたとさえ語る証言がある。無力感にとらわれたある夜、ジョルジュは彼がこのような振舞いを続けるのであれば、「精神病院に監禁」させると話す。この言葉は彼を激しい恐怖に陥れる。この恐怖は生涯、彼につきまとうことになるだろう。彼はわめきたてる。

「もう君を愛してはいない！　君の用意した毒をあおるか、君を運河に投げこむ、またとない機会だ！」

状況が手の施しようのないものとなり、彼がヴェネツィアを去ることが今や唯一の解決策であることは明らかであった。だが、この決心をするのにためらいがなかったわけではない。アルフレッドは容易に別れを受け入れることができない。だが、とうとう出発は三月二十九日と決められた。絶望感を漂わせて、彼は乗船する二日前にジョルジュに書く。

「僕に対する君の憎悪や無関心がどれほど大きいものであろうとも、今日、僕が君に与えた別れの口づけが僕の人生の最後の口づけであるならば、是非とも君に知ってもらいたい。君を永久に失ってしまったという考えを抱いて、外に出た時、僕が君を失うのは当然であったと、そして、僕にとってこれ以上つらいことはないと感じたことを。君の思い出が僕のなかに残っているかどうか、君にはどうでもいいことであるにしても、君の亡霊がすでに消え、僕から遠ざかっている今日、君に言うことが重要なのだ、君が通り過ぎた僕の人生のわだちのなかに純粋でないものはなに一つ残りはしないと。君を自分のものにしている時には君を敬うことができなかった男が今、涙を流しながらはっきりと理解し、君の面影が決して消えることのない心のなかで君を敬うことができると」

ゴンドラの船頭がこの手紙をジョルジュに届けに来た。アルフレッドはピアッツェッタ（小広場）のパラッツォ・ドゥカーレ（ドージェの宮殿）の陰で返事を待っている。サンドは手紙の裏に鉛筆で書きつける。

「こんな風にお発ちにならないでください！　まだ十分に回復なさってはいませんわ。それにビュロはまだ、召使のアントニオの旅に必要なお金を私に送ってきていないのですから。たった一人で発っていただきたくないのです。ああ、どうしてけんかをするのでしょう？私はいつも変わらず兄のジョルジュ、昔の友ではないのでしょうか？」

この三月二十八日、アルフレッドはそれでも出発の支度をした――理髪師のアントニオが下僕として、病気がぶり返した時に助けるために同行しよう。ジョルジュがこの一日を彼のために過ごしたこと、そして彼が感謝したことをわれわれは知っている。最後に二人は悲しい気持ちで小路を散策する。後に彼女は彼に「あなたの出発の前日、一緒に逃れた小路」と書く。

彼女は彼に、秘密を打ち明けられる無言の友の役割を果たす、七十二ページの美しい、小さなアルバムを贈る。アルフレッドは後になってこのアルバムにギリシャやラテンの哲学者達の教訓や、十七世紀のスペインの著作からの引用を書き写す。「言葉よりもむしろ涙を信じ給え」、「いささかも疑いを抱かぬ人間はしばしば欺かれる」といった辛辣な言葉、あるいは、セネカの次の言葉、「幸福がわれわれのなかにあるのは借り物としてであるが、不幸は財産としてある」。わずかに十ページだけが使われている。あとは白紙のままだ。献辞としてジョルジュは「良き仲間、弟、そして友のアルフレッドへ。恋人ジョルジュ。ヴェネツィア、一八三四年三月二十八日」と記した。

パジェッロもまた、最後のページに彼の知り合いの二人の人物への推薦の言葉を書きつけた。

アルフレッドは愛の最後の証《あかし》としてのアルバムを胸に押しつける。ピエトロの書いた数行は、自分が否定されていないことをまだ信じさせてくれる。したがって、この出発は決裂ではない、ましてや、破滅ではない。ただ単に、健康のための別離である。

ミュッセが船に乗る三月二十九日、冷たく、凍えるような雨がヴェネツィアの街を濡らす。メストレまで彼を送ることになっているゴンドラのなかでサンドは彼にぴったり身を寄せる。「フジナの岸から私を引き離したこの波のざわめきは、おそらく、私の人生のなかでもっとも痛切で、もっともつらいすすり泣きである」と、後に彼女は、自分を男性として語りながら記す。

第四章――インテルメッツォ

悲しみに打ち沈んで、彼女はヴェネツィアに戻る。「君を上陸させ、まるで棺のようなこの黒いゴンドラにただ一人になった時、私は自分の魂が君と共に行ってしまうのを感じた。風は荒れるラグーナ（潟）の上で、病み、茫然自失している一人の男だけを激しく揺さぶっていた」と、『ある旅人の手紙』の第一信に書く。

ピアッツェッタ（小広場）の花崗岩の円柱のあいだ、翼を広げた、ブロンズのライオン像の足もとの階段でパジェッロが彼女を待っている。彼女の腕を取り、耳打ちする、

「元気を出してください！」

彼女は長い間、口をつぐんだままでいる、それから低い声で言う、

「あなたはある晩、彼が私達の腕のなかで死にかけていた時、あと一時間の命しかないと私達が考えていた時、同じことを私に言いました。そして今、彼は救われ、旅をし、祖国や母上や友人達、歓楽をふたたび目にしますわ。それでいいのですわ。でも私は、彼の青い顔があなたの肩にあずけられ、その冷たい手が私の手のなかにあった、あのおそろしい夜をなつかしんでいます。彼は私達二人のあいだにいました、でも、今はもういないのですわ」

彼女は『私的な日記』[*]のなかで悲しみをつづるだろう。

＊ ミュッセにあてたこの文章は彼女の死後、『私的な日記』の題名で孫オロール・サンドにより一九二六年、公刊された。

「ああ、私の愛した青い目、あなたが私を見つめることはもうない！　美しい頭、あなたが私の方にかしぎ、心地よくもけだるく私を覆うことはもうない！　私の愛したしなやかで熱い、ほっそりした体、あなたが私に活力をよみがえらせようと、まるで死んだ子供の上に横たわるエリシャ[*]のように、私の上に横たわることはもうない。（……）さようなら、私の愛した金髪、さようなら、私の愛した白い肩、さようなら、私の愛したすべてのもの、私のものであったすべて。私が情熱に燃える夜にはあなたの名を大声で呼びながら、森のなかでモミの幹と岩に口づけをしよう、そして歓びを夢に見た時は気を失って湿った大地にくずおれるだろう」

＊　エリシャ（前九世紀）　イスラエルの預言者。

新しい生活がジョルジュに始まる。彼女の愛した若い詩人が帰国の旅にある間、パジェッロ博士は、おそらくは彼女を一人にしておかないために、また、気晴らしを作りだすために、彼が診察に行くことになっているトレヴィーゾへの同行を提案する。赤い煉瓦《れんが》造りの古い宮殿や昔からの家々が並んだ路地や水路の多い、この中世の街に彼女は魅せられるにちがいない。常に絵画に対して非常に感受性の鋭い彼女は、きわめて美しい昔のフレスコ画の跡を壁に見つけるだろう。遠出のこうした予想がジョルジュの心をとらえた。

彼らは三月三十日の朝、徒歩で出発。トレヴィーゾへの道はヴィチェンツァを通る。サンドはアルフレッドが前夜、宿泊したはずの宿屋にどうしても立ち寄りたいという強い願望を表明する。彼女は下僕のアントニオにミュッセの精神状態を知らせる手紙を残しておくよう言いつけていた。だが、彼女にあてた伝言は何もなかった、疲労困憊したミュッセがパドヴァのホテルに投宿することを望んだからである。彼の出発に今なお取り乱しているサンドの一番の気懸かりはトレヴィーゾから彼に手紙を書くことであった。

「さようなら、さようなら、私の天使。神様があなたを守り、導き、そして、もし私がまだいるならば、いつの日か、ここにあなたを連れ帰られんことを。いずれにしても、もちろん、休暇にはあなたにお会いできますわ。その時は何と幸せなことでしょう！　どれほど強く私達は愛し合うことでしょう、そうですね？　そうですね？　私の弟、私の子ども。ああ！　いったい誰があなたの世話をするのです？　そして私はいったい誰の世話をするというのでしょう？　誰が私を必要とし、私はこれから先、誰に気を配るのでしょうか？　これまであなたが私に与えていた幸せや不幸なしでどうやって済ませばいいのでしょう？　私が原因となった苦しみを忘れ、幸せな日々だけを覚えていてくださいますように！　幸福な日々は私の心を和ませ、その傷を癒やしてくれましょう。さようなら、私の小鳥。あなたの哀れな、年老いたジョルジュをいつまでも愛してくださいな」

同じ日、パドヴァからアルフレッドもまたジョルジュに書く。彼は毎晩、宿泊地で彼女に手紙を書く。

トレヴィーゾの後、ピエトロは新たに自分のものにした女性をカステルフランコに連れて行き、父親に紹介する。この新しい関係は善良な家長を明らかに不快にする。だが、父は自分の落胆を隠すことができる。なぜ、自分の息子は異国の女と時間をむだにしているのか？

この交際で不幸に陥るかもしれないのに。このこっけいな恋愛は、ヴェネツィアでよく知られた、そして、街のもっとも大きな病院の一つで申し分ない地位にある医者としての名声を必ず傷つけるだろう。家族があれほどきちんと彼に教えこんだ道徳的な規範や宗教的信条はどうなってしまったのか？

だが、パジェッロの父は礼儀正しい。ジョルジュを丁重に迎える。彼女の魅力を発見するにつれて、息子の情熱を少しばかり理解する。ピエトロは何も言わない。ただ一言、「父さん、ジョルジュ・サンドさんだよ」と言っただけだと、語っている。

ピエトロは訪問の間じゅうずっと、無言で、サンドの作品を知っている老いた父が彼女と文学や芸術や花について語るにまかせる。

翌日、二人はパッラーディオの街、ヴィチェンツァを訪れる。だが、おそらくテアトロ・オリンピコ〔パッラーディオの設計になる劇場〕はジョルジュの関心をまるで引かなかったにちがいない。ヴィチェンツァについては、ヴェネツィアに戻って、四月十七日に書いたアルフレッドへの手紙で言及しているだけである。

「あなたが第一日目の夜をどのように過ごしたか知りたくて、私はわざわざヴィチェンツァに行きました」

彼女はそこで、じっさい、ミュッセは午前中にこの街を通ったが、どんな伝言も残さなかったことを知らされる。

彼らは宿屋に部屋を予約する。ジョルジュは夜更けに空を見つめる。彼女は驚嘆して、「銀のスパンコールをちりばめた、群青の薄い肩掛けのように、屋根の上に広がる夜」を凝視する、だが、ヴェネツィアの薄暗い路地を、まだつい最近、アルフレッドと一緒にした夜の散策のことを考えずにはいられない。すでに思い出が彼女の心のうちをはからずも明らかにする。二人のどちらにとっても責め苦であったこの愛が、わずか数日も経《た》たないうちに、乗りきらなければならなかった、苛酷な現実とはいっさい関係のない、それでいて、長い歳月思い出されることになる、輝かしいイメージで包まれたのだ。

ピエトロとジョルジュは、あいかわらず徒歩で、城壁に囲まれた町チッタデッラを通って、バッサーノに向かう。寒く、じめじめした天気のなか、夜の九時にバッサーノに着く。「ブレンタ川のせせらぎ、オリーヴの生い茂った葉のなかから聞こえる風のかすかな音、枝から離れ、ロづけにも似て小さな音を立てて岩に落ちる雨の滴《しずく》、物悲しく、優しい何かが大気のなかに広がり、草木のなかでささやいていた」と、サンドは『ある旅人の手紙』の第一信で見事に描写しよう。

この「手紙」は心のうちの興味深い表現である。最初は、アルフレッドに宛てて書かれた。その不在が彼女に重くのしかかるにつれて、再び愛し始めた男に向かって心が駆けつけるように。しかしながら、四月十五日付けのミュッセへの手紙が伝えるところでは、彼を不愉快にするのでなければ、彼女はこの『ある旅人の手紙』の第一信を『両世界評論』誌に発表するつもりでいる、彼女はまず彼に送る、そして彼が、有益だと判断する修正をすべて加えた後で、ビュロに届けることができる。彼女は、「あなたが私を傷つけ、そして捨てた、と吹聴せずにはおかない人々を確実に黙らせる」ために、「ある旅人」という筆名を使う、と説明する。役割の奇妙な逆転。どちらがもう一方を捨てたというのか?

ジョルジュが目を覚ました時、朝早い空は鮮やかな青色で、きらめいていた。キヅタですっかり覆われた、昔の要塞の銃眼が窓から見える。彼女は大急ぎで外に出て、石に座ってパイプをふかしているパジェッロを見つける。彼は古い界隈にあるカフェ〈堀〉に食事に行こうと提案する。広場を囲む開廊やパッラーディオが設計した、ブレンタ川に架かるポンテ・ヴェッキオ、それから陶磁器の工場の周囲に密集する古い家々に、二人はこれまでになくゆっくり、ヴェネト地方の風情を楽しむ。ピエトロは家々の壁にできた穴を指で示す、そのほとんどはボナパルトの軍隊の弾丸や砲弾が作ったものである。

画家バッサーノ*の生地を訪ねた後で、二人の歩行者はパロリーニ洞窟へ向かう。彼らは自然が素晴らしく美しいと思う。ヴェネト地方の田舎の美しさに感動し、サンドは悲しみが薄らぐのを感じる。春の光があたりに充満している。

* バッサーノ（一五五七―一六二二）　イタリアの画家。肖像画家として名声を博す。

二人はサクラソウが一面に咲いた野原で昼食を取る。山間の放牧地で作られたバターとアニスの香りをつけたパン。彼女は病み上がりの人間のように喜んで、サンザシと野生のプラム《ダムソン・プラム》の生け垣にはさまれた、この魔法の場所を駆け回る。それから、彼らは十時間歩いて、オリエーロの部落にたどり着く。ジョルジュは疲れ果て、芝草の上に横になり、眠りに落ちる。大気にみち溢れている喜びが彼女の心を、久しく味わったことのないうれしさでいっぱいにした。彼女が愛した、そして彼女と別れなければならなかった病人のそばで過ごした、いつ果てるとも知れない夜のことを忘れる。彼女は活力を取り戻す。

それでも時々、悲しみが波のように押し寄せる。ある時、彼女は凍った泉の鏡のような水面に顔を映した。そしてその顔があまりに青白く、悲しみにみちているのにぞっとする。しかし、サンドは心の奥深くに並々ならぬ力を常に持ち続けている。春、若さ、そして、新たな愛が生きることへのはかり知れないほどの愛着と作家としての仕事を取り戻させる。チロルの男と一緒に食事をする。この山男は勘定を彼らに払わせた。夜、宿屋で彼女は『ある旅人の手紙』第一信の執筆に取りかかる。見事な文章、おそらく、彼女の作品のなかでもっとも美しい文章にちがいない。

陸地の旅は、かつてミュッセとしばしば語り合った彫刻家カノーヴァの生まれ故郷、ポッサーニョの村へ続く。二人はとある工房に足を止め、石工の仕事に感嘆する。石工は彼らに、アントニオ・カノーヴァの父親が彼と同じ石工であり、貧しい職人であったが、つらい仕事で訓練された彼の息子の手がいつの日か大理石の塊からボルゲーゼ公妃*の実に美しい像を切り取ることができると確信していたと、誇らしげに説明する。さらに、ポッサーニョの村人達は、芸術家はそのもっとも美しいモデルをこの谷間で選んだと自慢する。確かに、豊かな金髪の若い娘達は旅行者の目に美しい。カノーヴァ自ら彼女達の三つ編み髪やヴェールを整えたと伝えられている。小さなアーゾロの町でジョルジュとピエトロは、四頭の雌ロバが引く荷車でトレヴィーゾに向かっている山人に出会う。彼がこの田舎の車で運んでいるヤギの間に場所をあけてくれれば、わずかばかりの礼をしたいと彼らは申し出た。彼は二つ返事で聞き入れた。

* ボルゲーゼ公妃　ナポレオンの妹。一八〇三年、ボルゲーゼ公と再婚。

四月五日、ヴェネツィアに戻った二人は、「ヴェネツィア。サンド夫人に手渡すために（……）パジェッロ氏」に宛てたミュッセの長い手紙を受け取る。それは四月五日、ジュネーヴで投函されていた。

「僕の大切なジョルジュ、今、ジュネーヴにいる。郵便局で君の手紙を見出せないまま、ミラノを発った。（……）僕はとても体調がいい、幸せなほどだ。（……）僕はまだ君を愛している、ジョルジュ。四日後には僕達の間に三百里《リュー》の距離ができる、どうして率直に話せないことがあろう？　これほど遠くにいれば、もう激しい言葉を吐くことも神経発作に襲われることもないのだから。君を愛している。君が君の愛する男のそばにいることはよく分かっている、それでも、僕の気持ちは穏やかだ。（……）

「今朝は店を眺めながら、ジュネーヴの街を歩き回った。新しいチョッキと美しい装丁のイギリスの本、これが僕の関心を引いたものだ。鏡を見たら、昔の僕がいた。（……）これこそ君が愛したいと思った男だ！（……）君が僕を愛する、ああ、気の毒なジョルジュ！　そのことを思うと僕は身震いした。僕は君をこんなに不幸にしてしまった。（……）僕のジョルジュ、寝ずの看病で青ざめた君の顔、十八夜の間、僕の枕元にかしげていた君の顔を僕はこれから長い間、思い浮かべるだろう。（……）君は思い違いをしていた。君は僕の愛人だと思っていた、だが、君は僕の母でしかなかったのだ。天は僕達をお互いのために造り給うた。（……）だが、抱擁は激しすぎた。僕達が犯していたのは近親相姦なんだ」

ジョルジュとピエトロがヴェネツィアに戻って数日後、春が到来。ジョルジュはうっとりして、『ある旅人の手紙』第二信に書く。

「君には今、ヴェネツィアがどういう街だか想像できないだろう。君がギリシャの大理石の古い柱を見て、その色と形を干《ひ》からびた骨になぞらえた時、ヴェネツィアの街は冬のあいだ、服していた喪が明けてはいなかった。今、春がそうしたすべてに、エメラルドの粉を吹きかけた。牡蠣《かき》が腐った苔のなかでへばりついていた宮殿の土台は今や柔らかい緑色の苔で覆われ、ゴンドラがこのビロードのような美しい緑の二枚の絨緞の間をゆっくりと進む。水の音が航跡の泡とともにけだるく消えてゆく。どのバルコニーにも植木鉢が溢れている。生暖かい粘土のなかで生まれ、湿った大気のなかで咲いたヴェネツィアの花にはみずみずしさと、花弁の豪華さと、たたずまいの物憂さがあり、この土地の女性達を思わせる。その美しさは花々の美しさのようにまばゆいほどであり、また、はかない。からまったイバラがどの柱にもはい上がり、バルコニーの黒色のアラベスクに小さな白いロザース〔円い花形の装飾〕のような花飾りをつるしている。バニラの香りを放つアイリス、あまりにも正確に赤と白の縞模様になっているために、昔のヴェネツィアの人々の仮装用の布地で作ったように見える、ペルシャのチューリップ、ギリシャのバラ。そして並外れて大きい釣鐘草をどっさり階段を埋める壺に詰めこんでいる。時々、深紅色の花をつけたスイカズラのアーケードがバルコニーの端から端までを冠のように覆っている。そして、茂みに隠した二、三の鳥籠のなかのナイチンゲールが野原の真んなかのように、昼も夜も歌っている。飼い馴らしたナイチンゲールの多さはヴェネツィアならではのぜいたくである。女達は、この哀れな囚われの鳴禽《めいきん》達の訓練という骨の折れる仕事を見事にやり遂げるすぐれた能力を持っている、そして、あらゆる種類の繊細さと洗練で、囚われた鳥達の退屈を和らげることができる。夜、ナイチンゲールは運河の両側から名を呼び合い、答え合う。セレナードが聞こえると、すべての鳥が鳴くのを止める。そして、音楽が終わると、再び歌い始め、聞いたばかりの旋律より美しい歌を歌おうと躍起になる」

このうっとりするような環境のなかで、病気がちで、嫉妬深いアルフレッドの存在から解放された、ジョルジュの喜びがはじける。よみがえったヴェネツィアを、独りで長時間散策することで彼女の創造力が刺激される。

「ヴェネツィアはまさしく私の夢想の街であった。私が想像していたあらゆるものが、朝であれ夜であれ、晴れた日の静けさのなかであれ、嵐の暗い影のなかであれ、私の目に映るヴェネツィアより劣っていた。私はこの街をあるがままに愛していた。そして、この街はそんな風に愛することのできる世界で唯一の街である。どの街もつねに私に牢獄の印象を与え、共に囚われている仲間ゆえにこの牢獄を我慢しているにすぎないからである。ヴェネツィアでは一人で長く暮らせるだろう。そして、その栄華と自由の時代に、住人たちはその愛のなかでこの街をほとんど擬人化し、物としてでなく、人間として深く愛したのである」

（『わが生涯の物語』）

彼女はまた、新しい「友」と一緒にいることを楽しむ。ある朝、パジェッロがポケットから飼い慣らされたホシムクドリを取り出し、肩にのせる。セーヌの河岸で小鳥屋をしていた祖父がいたことをしばしば誇らしげに標榜するオロールにとって、それは貴重な贈り物だ。生意気で、やんちゃで、突飛なホシムクドリ。部屋のなかに放つことができる。動物が大好きな彼女は一瞬でも籠のなかに閉じこめるなどとはとても考えられない。小鳥はインク壺に飛びこんだかと思うと、彼女の原稿用紙の上に止まる、そしてその小さな脚跡を残す。インクを飲み、火をつけたパイプのたばこをついばみ、煙が巧みに渦巻きになって昇っていくのを見るとさえずり始める。ジョルジュが仕事机に身をかがめていると、ホシムクドリは彼女の足や膝にとまり、小さな頭を激しく回転させて彼女の注意を引こうとする。ある夜、ホシムクドリが突然、死んだ。ジョルジュは泣き崩れる。だが、ピエトロには彼女の涙が理解できない。彼は心の底から笑う。

四月六日以来、彼女はサン・ファンティン三一五六番地（現在の一八八〇番地）、ミネッリの中庭に面した、カ・メッツァーニにあるパジェッロの小さなアパルトマンに住んでいる。木製の重い扉のついた石造りの古い家。界隈は貧しくとも、活気に充ちた生活。鶏や犬が子供達の叫び声や女達の果てしないおしゃべりのなか、勝手気ままに駆け回る。バルコニーの上からピエトロは、ヴェネツィア人らしく、通行人達に声をかけ、冗談を言う。哀れな男がオレンジや魚を売りに来れば、値切り、ぼろを着た若い娘達が花束を差し出せば、その香りを吸いこむ。

この美しい異国の女性が最終的に住みついたことは、ヴェネツィアで気づかれずには済まない。パジェッロの患者や友人達は、ジョルジュと腕を組んでいる彼に出会うと、目をそらしながら、ほほえんだ。非難めいた沈黙のなかで唇をつまむこともあった。いく人かの女性はばかにしたようなようすであいさつをする。ジョルジュはこうしたことを一つとして見逃さない。青春時代から、世間がどう考えようと無視することに慣れている。しかし、彼女の愛人が心のなかで傷ついていると忖度すると、持ち前の繊細さと魅力で、彼の美しい額を一瞬曇らせた暗雲を吹き散らすことができた。

ピエトロは数年前から、異母姉のジュリア・プッパティと一緒に暮らしていた。私生児であるから、その生活は控え目でなければならない。若い医者は注意深く気を配っている。もっとも彼女は一人ではほとんど外出しない。ジョルジュは三十代の、青い目をした褐色の髪のこの大柄な女性に気持ちよく迎えられた。ジョルジュの作品の熱心な読者であり、同居に大喜びであった。料理をしながら、二人は空想的で情熱的なおしゃべりに長い時間を過ごす。ジュリアは力強く、熱のこもった声でよく歌い、ジョルジュがピアノに向かった。ヴェネツィア人らしく、パジェッロもまた、音楽的情感が豊かである。彼はその低く太い声で低音部を受け持ちながら、ギターで二人の伴奏をする。彼はまた、ジョルジュのために「セレナータ」を作曲し、ゴンドラに長い時間、揺られながら、口ずさんだ。

ピエトロは、海軍に勤務する兄弟のロベルトの家から遠くない所に住んでいる。ジョルジュは彼のなかに、彼女自身の兄の性格の特徴である陽気さや無頓着を見つけ、たちまち彼に愛着を覚える。見たところではすべてに無関心であるが、素朴な生活の趣を味わうことのできる人々に見られる、芸術家気質を彼女は高く評価する。ロベルトは毎晩、一時間か二時間、ピエトロの家で過ごす。彼らは一緒にたばこを吸い、コーヒーを二杯飲み、ヴェネツィア方言で冗談を言い合う。医者が疲れて、パイプをくわえたままソファに横たわる頃、ロベルトは翌日の夜まで姿を消す。

ジョルジュの引っ越しからわずか四日後、カステルフランコから手紙が届く。年老いた父は、この嫌悪感を催すような関係が続く限り、パジェッロの住居に近づかぬよう、ロベルトに厳命し、家族の名誉を保とうと努める。「踏み外し」から兄弟を救うためである、と老父は言う。ロベルトは父の厳命に耳を貸さなかったようである。

四月二十九日、ジョルジュはバルカローリ橋の近くの小さなアパルトマンに引っ越す。ピエトロは朝、サンティ・ジョヴァンニ・エ・パオロ病院に出かける。彼女は同じ名の教会のなかで彼を待つ。この教会は二十五人のドージェ（総督）の墓を納め、フラーリ教会に次いで、ヴェネツィアのもっとも大きなゴシック様式の教会の一つである。イストゥリア半島〔アドリア海北東岸にある半島〕の石で作った巨大な柱の一つに隠れ、人目を避けて、彼女はヴェロネーゼの『羊飼いの礼拝』を眺めるのが好きだ。たいていの場合、聖歌隊が練習している。その後《あと》ピエトロがヴェネツィアをできる限り連れ回る。ぼろをまとった子供や貧しい老人達が優雅な身なりの若いカップルに物乞いをする。パジェッロは、施しを決して断らないジョルジュの気前のよさに驚く。時々、彼女がだまし取られるのを見て抗議の声を上げる。だが、彼女は気にも留めず、パリの彼女の青い屋根裏部屋には、何年も前から、たえず貧乏人が助けを求めに来ていると打ち明ける。

彼らが好んで散策するのは、とりわけ、午後の終わりや日没時である。ジョルジュはその思い出を彼女のもっとも美しい文章の一つに綴る。

「太陽はヴィチェンツァの山々の背後に沈んでいた。スミレ色の大きな雲がヴェネツィアの上にあった。サン゠マルコ大聖堂の鐘楼、サンタ゠マリア教会のドーム、そして街のあらゆる地点からそびえ立っている尖塔やミナレットがきらめく水平線に黒いシルエットを浮かび上がらせていた。空はさくらんぼ色の赤から紺青色まで、見事な色合いの変化を見せる。そして、鏡のように穏やかで澄みきった水はこの果てしのない虹色の輝きを正確に映し出す。

街の下で、水は赤銅色の巨大な鏡のようであった。かつて一度として私はこれほど美しく、これほど夢幻的なヴェネツィアを目にしたことがなかった。空と、まるで火の海のように赤々と、輝く水の間に投げこまれたこの黒いシルエットは、『黙示録』の詩人がパトモス島の砂浜で新しいエルサレムを切望し、その街を美しき花嫁になぞらえた時、天より降《くだ》り来るのを見たに違いない建築のあの崇高な幻の一つであった」（『ある旅人の手紙』第二信）

彼らは〈翼あるライオン〉に庇護されたピアッツェッタ（小広場）に行く、貧乏人も金持ちも、誰も彼もの約束の場所である。女性との出会いを願う色男もいれば、礼拝用の敷物の上にひざまずいて大声でアッラーの加護を祈るイスラム教徒もいる。若者たちが地面に座って冷たいライスと生のウイキョウを食べている。にぎやかで、生き生きした会話をシャーベットを大いに食しながら、夜まで続ける。

「私にとって、ヴェネツィアの主要な魅力であり、他のどこにも見出せないものは、平等の風習である。この貴族の国は奢侈取締令により均等にされたように見える、共和主義的寡頭支配の術を有していた。そして敗北の不幸*がこの見かけを現実のものとした。加えてこの地の特殊性が、仕事や娯楽の面のみならず、感情や関心の面でも、この階級の融合に見事に加勢した。馬車のないこと、土地のきわめて少ないことが住民を均質にした。彼らはそれぞれの安全のために不可欠な配慮をしながら、舗石の上で擦れ違い、水の上でひしめいているのだ。歩行者達も舟も皆、相手を追い越さず、目を合わせ、語りあう、そして、生活の根底をなす怠惰と陽気さのこのやり取りが、侵入してきたオーストリア人が見せる横柄な残忍さに対抗して、沸きたつような共感となり、周囲に広がって行く」

（『わが生涯の物語』）

＊ 敗北の不幸　ナポレオン一世のイタリア侵入にともない、一七九七年、ヴェネツィア共和国は消滅。以後、フランスとオーストリアの支配を受けた。

サン＝マルコ広場。彩られたテントの下に椅子やテーブルが並べられ、にぎやかに友人が再会する。よく冷やしたセマータ、つまり、メロンの種子のエキスを入れた一種のアーモンドシロップを飲み、ウイキョウの香りをつけた新鮮な魚を安価で食べる。パジェッロ博士はいつも多数の知り合いと出会い、彼らに新しい恋人を紹介する。イタリア語がジョルジュを不安にすることはもうない。彼女は自在に、流暢に自分の気持ちを表現する。時に陽気で、時に熱のこもった彼女の会話はこれほど高い知性と教養を持った女性に出会うことがめったにない、ヴェネツィアの男達を驚かせる。

夜は、ゴンドラの船頭達が声を合わせて歌う歌や、窓の下でのセレナード、戸口から聞こえてくる女達の歌に充ちている。一人の釣人が真夜中に、詩篇を歌い始め、仲間達が何声部かで繰り返すのを耳にすることは稀ではない、というのもヴェネツィアの人々は天成の芸術家であり、根っからの音楽家であるが、ためらわず一節の終わりで歌うのを止めて一杯のブランデーを飲んだり、一眠りしてまた歌い始めるといった具合だからである。

外出しない時、ジョルジュは小説『ジャック』を執筆する。夜はパジェッロのそばでランプの下に座って、『ある旅人の手紙』に専念し、ピエトロに、ヴェネツィアに関する件《くだり》を確認するなり、訂正するなりして欲しいと頼みこむ。彼女の友人があれほどの愛情と深い学識をもって明かしてくれた素晴らしいものの数々に匹敵する美しさで描き出したい。しばしば彼女はタピスリーを織り、小さなアパルトマンのためにカーテンを縫いもする。ロベルトは、彼がシャツを着る時に、橋の上に群がっている民衆《ポポロ》から見えないようにするためのカーテンを彼女に所望する！　とりわけ彼女は、椅子や肘掛け椅子、ソファにプチ・ポワンで刺繍する、手間のかかる仕事にためらうことなく取りかかる。こうして、古道具屋で買ったにちがいないサロン用の家具一式に、彼女は七か月の間に装飾をほどこす。

それはパジェッロが不在がちだからである。彼は夕食を彼女と一緒に取るが、しばしば八時頃、家を出て、頻繁に病院や患者の家に戻る。

彼の方も感情的な苦悩を味わう。ほとんどの男性がその魅力にあらがえないフランス女性に彼が夢中になったことを彼の昔の愛人が聞きつけて、彼に対する度外れの情熱を再び燃えあがらせる。非難の言葉や怒りで彼をうるさく攻めたて、絶え間なく悩ませ始めた。ジョルジュに会いに小さなアパルトマンにやって来て、短刀を手にして、ピエトロと仲直りさせてくれるよう、そして、故国に帰るよう、激しく求めた！

一方、サンドは子供達に思いを馳せる。遠く離れていることが彼女にとって、耐えがたい苦痛になる。子供達が夜、母親の口づけもなく眠る姿を想像する。彼女はしばしば手紙を書く、だが、子供達はごくたまにしか返事をくれない。どうやら、母親が自らの意志で遠く離れていることが子供達に恨みの気持ちを抱かせている——二、三か月、さらに、コンスタンチノープルへの旅で延長する計画が手紙で冷静に伝えられる。母親のかくも長き不在。たびたびジョルジュは手紙でモーリスをとがめる。たとえば、五月八日の手紙。

「まるでいけない心を持っているように、あなたはお母さんのことをもう考えていないのね、でも、お母さんはあなたが優しく、お母さんを愛してくれていることを知っていますよ。（……）あなたの手紙がどれほどお母さんを慰めてくれるか、考えてみてください。そうすれば、手紙を書く気になるでしょう」

六月一日、ソランジュに宛てて、

「あなたがお母さんを愛していること、お母さんのために神様にお祈りしてくれていること、それからあなたにお母さんの話をすると、あなたが泣きだすことが手紙に書いてありました。泣かないでちょうだい、可愛い天使さん、もうすぐ帰ります。お母さんは元気ですよ……」

彼女は夫のカジミール・デュドゥヴァンに、彼女が息子の世話をしていた時は父親に手紙を書かせたことを思い出させて、モーリスが怠けてペンを取らないことで叱ってくれるよう求める。両親が「モーリスにとって二人の最良の友人である」ことを息子が忘れてはならない。

アルフレッドが彼女に規則正しく、燃えるような手紙や絶望した手紙、二人の別れを容易に受け入れられぬことを表す手紙を送ってくるだけに、彼への思いもまた、彼女の頭から離れない。たとえば、一八三四年六月十五日のミュッセの手紙。

「ああ、僕がもっとも愛した女《ひと》、僕が愛した唯一の女《ひと》、僕の父にかけて君に誓う。僕の命を犠牲にすることで君に一年の幸福を与えられるのであれば、僕は心に永遠の喜びを抱いて断崖から飛び降りよう。一人の友もなく、一匹の犬もいず、わずかな金も、希望もなく、三か月この方《かた》、そしてこれから何年もの間、涙にくれて、この部屋にただ一人いることが、何もかも、夢までも失ってしまったことが、果てしない倦怠に沈むことが、夜の闇より空虚であることが、どんなことであるか、君は知っているだろうか。僕は苦しまなければならない、僕は沈黙しなければならない、だが少なくとも君は幸せでいる！ おそらくは、僕の涙で、僕がそばにいないことで、僕がもはや乱すことのない休息で君が幸せだ、と考えることだけが慰めであるのが、どういうものか、君は知っているだろうか」

不在と二人の間の距離がヴェネツィアで味わった苦悩をアルフレッドに忘れさせたように思われる。彼らの愛は文学史の神話となることで、ルソーの後継者として二人を不滅にする。加えて、たちまちのうちにミュッセは、高められ、理想化された彼の物語を『世紀児の告白』（一八三六年）に書く。偽名にしてはいるものの、ヴェネツィアのドラマの主役達であることを誰しも難なく見抜くであろう。

「まだ完全には終わっていない生活と、始まっていない別の生活の間の、奇妙な精神状態にいます。私は待っています。成り行きにまかせ、仕事をし、私の頭脳を働かせています、そして私の心を少しばかり休ませています」

見かけの別れにもかかわらず、彼女はほとんどの手紙のなかで、アルフレッドに助けを求める。パリにいるのだから、息子に会いに行ってくれるだろうか？ 日曜日、息子を連れ出してくれるだろうか？　出版者を訪ねてくれるだろうか？　彼女の家に立ち寄って、衣服や本やピアノの楽譜の入った箱を発送してくれるだろうか？　彼女は新しい生活を始めるよう、彼を励ます。

「あなたは空しい疲労にやる気をなくしたり、一度の挫折で打ちのめされるような人間ではありませんわ。あなたは現実の泥土の上を這うために生まれてきたのではありません。もっと高尚な世界であなたの生活を自ら作り出し、あなたの精神の諸機能を気高く働かせることに喜びを見出すべき方ですわ。さあ、期待してください。あなたの生活が、あなたの知性の夢見たものと変わらず美しい一篇の詩となることを」

ジョルジュはついに深刻な財政状況に陥る。ビュロへの長い手紙が証言する。

「つまらない小説、四巻の支払いについてアルフレッドと理解しあってくださるようお願いします。私は当地で直ちに、そしてパリでたくさん、お金を必要としています。アルフレッドがお話しすることでしょう。

「あなたにお送りする原稿の最後の部分を印刷に付す前にアルフレッドが校正してくれると思います、ひどすぎる箇所を彼が訂正したり、削除するために、どうか彼に読ませてください。私に手紙を書いて、彼のことを伝えてくださいな。彼が私に断言するように、彼の健康状態が本当に良いのか、教えてください――『ジャック』と一緒に、イタリアについての手紙をお送りするつもりです。どうぞ、すぐにこの分の支払いをしてくださるようお願いします。というのも『ジャック』が終わるまで、私にはもう生きていくためにそれしかないからですわ。毎月、一通の手紙を書きましょう。よろしいでしょうか?」

（一八三四年五月十六日）

ヴェネツィアでの活気のある生活にもかかわらず、ピアノを囲んでナポリの歌を歌う陽気な夕べにもかかわらず、パジェッロが彼女の気を引き立てようと朝早く摘みに行く野の花の可愛らしい束にもかかわらず、サンドは不安な思いにとらわれないよう、自分とたたかわねばならなかった。ほとんどいつもミュッセが二人の会話の中心にいる。ピエトロにとってと同様、ジョルジュにとっても、パリでの彼の健康の回復と、節度ある生活を送ることが最大の気がかりであった。手紙を待つ気持ちが二人の不安を伝える。

六月十五日、パジェッロがペンを取り、確固たる意志から、というよりむしろ、事の成り行きで恋敵になってしまった男への友情を回復させる。

「親愛なるアルフレッド、僕達はまだどちらからも手紙を書いていない、それはおそらく、どちらも最初に書きたくなかったからだと思う。だが、このことは友情にみちた無言の連絡を妨げはしないだろう、他の人間にとっては理解できないものであれ、僕達には崇高な絆で僕達を変わらず結びつけるものだ。君の体が健康で、精神が強固であるのを知って喜んでいる。君の激しすぎる体質の、いわば相棒である欲望や放蕩に抵抗する勇気を君が持ちさえすれば、僕はつねに君の健康について楽観的な予測をしてきた。君が一ダースものシャンパンの瓶に取り巻かれている時は、ダニエリ・ホテルで僕が君に空にさせた、あのアラビアゴムの水槽を思い出してくれ給え。君には避けるだけの勇気があると僕は確信している。さようなら、大切なアルフレッド、僕が君を愛するように、僕を愛してくれ給え。

君の真実の友

ピエトロ・パジェッロ」

意気消沈している時のジョルジュにとって最良の治療法はポケットに手を突っ込み、たばこをくわえて、何時間も水辺を歩くこと、そして、宮殿の彩りや、小さな橋の優雅なたたずまい、ヴェネツィアの人々の喜々としたにぎわいに浸ることである。彼女は生きることへの並外れた情熱で、不安な気持ちを容易に克服することができた。おそらく、パリで生活意欲を取り戻した若い詩人を忘れるために彼女は美しさにうっとりしたいのだ。

「僕の偉大で善良なジョルジュ、誇りを持ってほしい、君は子供を大人にしたのだから。幸せになり、愛され、祝福されんことを。疲れを癒し、僕を許してほしい！　君のいない僕はどうなっていただろう？（……）今や木々は緑に覆われ、リラの香りが時々ここに入って来る。あらゆるものがよみがえり、胸が思わず高鳴る。（……）パジェッロに伝えてほしい、君を愛し、申し分なく気を配ってくれていることに僕が感謝していると。こんな感情ほどこっけいなものはこの世にないだろう。僕はあの青年を、ほとんど君と同じ位、愛している。君の好きなようにすればいい。彼が原因となって、僕は人生の宝物をすべて失ってしまった。それでいて、まるで彼がその宝を僕に与えてくれたかのように、彼のことを愛している。僕は君達が一緒にいるのを目にしたくない、それでいて、君達が一緒にいると考えて喜んでいる」

（一八三四年四月三十日）

滅入った気持ちを払いのけるために、ジョルジュはヴェネツィアの庶民の祝祭を一つとして欠かしたくない。彼女はほとんどいつも、この街を誇りに思っているパジェッロと喜々として出かける。キリスト昇天祭の日に彼女はドージェ（総督）と「海との結婚」の祝祭でブチントーロ（御座船）の儀式に参列する。

しわがれ声の年老いた船頭が彼の家の壁に掛けた、純金の房飾りがあり、同業組合の記章の豚を刺繍した幟《のぼり》を彼女に示し、ゴンドラの船頭達の同業組合間の過酷な対立を詳細に話して聞かせる。

七月は、一五七七年のペスト流行の終焉を祝賀する、ジュデッカ島でのレデントーレ（贖い主）の祝祭を見る。

「ヴェネツィアの各々の聖堂区は互いに対抗して、守護聖人の祝日を盛大に祝う。街じゅうがこの機会に催される礼拝や祝賀行事に出かける。レデントーレ教会のあるジュデッカ島は、もっとも富裕な聖堂区の一つで、もっとも見事な祝祭の一つを繰り広げる。花と果物で作った巨大な花輪で教会の扉口《ポルターユ》を飾る。ほとんど入江になっているジュデッカ運河に舟の浮き橋が渡される。岸には菓子屋やカフェのためのテント、フリットーレと呼ばれる野外の調理場が建てこんでいる。調理場では、皿洗いの男達が炎と煮えたぎる油の煙の渦の間でグロテスクな悪魔のようにせわしなく動き回る。いがらっぽい煙は、海岸から三里《リュー》離れて航海している人々の息を詰らせるほどである。オーストリア政府は野外のダンスを禁止した。こうした措置はよその民衆であれば、祝祭の陽気さを大いに傷つけもしよう。幸いなことに、ヴェネツィアの人々には喜ぶことへの途方もない資質がある。彼らの大罪は旺盛な食欲にあるが、話し好きで、生き生きした食い道楽であり、イギリス人やドイツ人の重苦しい消化とはいささかも共通点がない。一瓶六スーのイストゥリア半島のミュスカで、彼らは開放的で冗談好きの酩酊を手に入れる」

（『ある旅人の手紙』第三信）

こうした春や夏の夜、ジュリアや生粋のヴェネツィア人であるパジェッロの友人達――彼らは粗野な冗談を交わしては、あけっぴろげな高笑いをする――と連れ立って、サンタ・マルゲリータ広場の料理屋に行き、ぶどう棚の下で食事をする。コリントスのぶどうで味つけした舌ビラメ、ピニョンマツの種子、レモンの砂糖漬け、丁子《ちょうじ》入りクッキー、そして食事中ずっとブラガンサのワイン。この質素ではあるもののとびきりおいしい献立をジョルジュは、牡蠣《かき》を添えたライスとグリンピース、ウイキョウのサラダとともに長く思い出す。

だが、彼女がとりわけ好んだのは、水のなかに足を入れ、太陽の熱がまだ残る大理石の階段に座って味わう、もっと質素な食事である。オリーヴ一つかみ、トマト一個、メロン一切れ、山羊のチーズ、サモス島のワインが彼女にとって、約束の地の無上の喜びとなった。夏が訪れると、彼女はしばしば夜、こうした食事を楽しみ、それからピエトロと一緒にゴンドラに乗り、夜が明けるまで、長い時間を過ごした。

「確かにこれまでヴェネツィアの空の美しさや夜の持つ無上の喜びを褒めそやした者はいない。美しい夜、ラグーナ（潟）は実に穏やかで、水面に映る星々が震えることもない。ラグーナの真んなかにいると、水があまりに青く、平らかであるから、もはや水平線を見分けることができず、水と空が一枚の紺青のヴェールとなり、夢想が吸いこまれ、眠りに落ちる。大気があまりに澄みきって、清らかであるから、北方のわがフランスの空に見ることのできる星の五十万倍もの星が空にある。私がここで見た星の夜は、星々の銀白が天空の紺青をしのいでいるほどであった。それはパリの夜空の月のように輝く、無数のダイヤモンドであった。パリで見える月を悪く言いたいのではない。それは青ざめた美しさであり、その物悲しさはおそらくこの地の星月夜以上に知性に語りかけるであろう。わが国の生暖かい地方の靄《もや》に包まれた夜の魅力を私は誰よりも楽しんだ、そして、今その魅力を誰よりも否認したい気になっている。ここでは、自然の及ぼす影響がより強烈であり、おそらくはいささか度を越して精神を封じこめている。それは思考を眠らせ、心をかきたて、感覚を支配する。天才でない限り、この官能をそそる夜の間に詩作しようなどと考えてはならない。やるべきことは愛することとか眠ることとだ」

（『ある旅人の手紙』第二信）

ある晩、サンタ・マルゲリータ広場でのふんだんにワインの出た夕食の後で、会食者の一人がこんなに早く別れずに、トルチェッロ島に太陽がのぼるのを見に行こうと提案した。ゴンドラの船頭が彼らを待っていた、だが、ほとんど酩酊状態で、一人で漕ぐことができない。

仲間に呼びかけなければならない。月明りの夜、長い航路の後で、一行は日の出に、島に上陸した。緑の小径を通って教会を訪れ、十一世紀にギリシャの画家達が制作したモザイク画に感嘆する。ジョルジュとジュリアがモザイク芸術について長い間おしゃべりをしている時、疲れきった医者は二人から離れて草の上で一眠《ひと》りするための場所を探す。イラクサや野の花に覆われている、象牙のはめこまれた石の椅子が、おそらくは、かつてローマのプラエトル(法務官)が租税を受け取る時に利用したものであろうが、寝床の代わりになるだろう――少々固いにちがいないが!

彼がうたた寝している間、小説家は島を歩き回る。十軒足らずの粗末な家が果樹園の間に散在している。漁師達は海に出、蟬《セミ》の鳴き声だけが、比類のない清らかさに包まれたこの朝の宗教的な静寂を破っていた。ジョルジュは悲しい気持ちでフランスに思いを馳せる。朝日にきらめくトルチェッロ島の美しい色彩を、まるで一枚のヴェールが不意に暗くしたように、ジョルジュは薄い霧に包まれたパリやセーヌの河岸を再び目にしたいという欲求を覚える。彼女はノアンの大きな菩提樹や子供達のことを考える。子供達の表情は記憶から消され、二人の笑顔をもう思い浮かべることができない。望郷の思いが彼女の心に途方もなく広がった。出発の時まで、この思いが心から消えることはもうないだろう。

七月に入ると、夏の猛暑がヴェネツィアを打ちのめす。「数日前からわれわれは、焼けつくような鏡になったこの大理石の街の外に、生命を維持するのに不可欠な、わずかばかりの空気を探して、ヴェネツィアの島々をさまよっている。とりわけ今月は、蒸し暑い夜が続く。市中の住人達は日中は、気候のうっとうしさにぴったり合った大きなソファや、舟底で眠っている。夜になると、彼らはバルコニーで涼を求めたり、カフェのテントのなかで夜の集いを引き延ばす。幸いなことにカフェは夜通し開いている。だが、いつもの笑い声や歌は聞こえない。ナイチンゲールもゴンドラの船頭達も声を失ってしまった。発光性の小さな貝が無数に壁の足元で輝き、火の粉で覆われた海草が眠りこんだゴンドラの周りの黒い水中に揺らぐ。階段の上で浮かれている野ねずみ達の鋭い鳴き声のほかは夜の静寂を破るものはもう何もない。長い黒雲がアルプス山脈からやって来て、大きく静かな稲妻を浴びせながら、ヴェネツィアの上を通過し、やがてアドリア海の向こうで砕ける。そして、大気は黒雲が運んできた電気で明るく輝く。

「庶民の子供達とプードル犬、それに魚だけがこうした日照りに苦しまない唯一の生き物である。彼らが水から出て来るのは食べる時か、眠る時だけであり、そのほかの時間は一緒になって泳いでいる。不運にもシャツというものを持ち、脱いだり着たりで日々を過ごせないわれわれの方は、幸いにも真昼間にラグーナ（潟）の上を惜しみなく渡る、海からの心地よい風を探し求めるのだ」

（『ある旅人の手紙』第三信）

ジョルジュとピエトロもアルメニア人達の島を訪れたいと思う。サンドはずいぶん前からその希望を口にしていたが、早急にフランスに帰る希望ももはや隠さない。ヴェネツィアは彼女の心に重くのしかかっている。パジェッロはいつもの直観と判断力から、この遠出がおそらく、彼の愛する街で二人でする最後の遠出であることを理解する。バイロンと同様に、そしてミュッセと同様に、彼らもまた修道院を離れる前に黄金の本に署名する。

ジョルジュは一文なしになった。ビュロは彼女の送った原稿に見合う金額を送ったが、お役所仕事の混乱で彼女に知らされぬまま、局留めになっていた。

その代わりに彼女は規則的にミュッセの情熱に燃えた手紙を受け取る。

「笑うなり、泣くなり、君の好きなように。だが、あのリド島でのように、君がどこかでたった一人で悲しみに沈む日には、息絶える前に手を伸ばしてほしい、そして、世界の片隅に、君との愛が最初で最後である人間のいることを思い出して欲しい」

パリで彼は、サンドとパジェッロの二人に愛着を強く感じながらも、放蕩の生活を再び始めていた。彼は自分がこのカップルのいわば最愛の子供であるように感じている。この昇華作用のなかで、おそらくは罪悪感からの解放のなかで、ジョルジュもまた彼に手紙を書き、パジェッロについて語る。

「私は彼が父親であるように愛していました。あなたは私達二人の子供でした」

これこそ、三人のそれぞれが利用することになる、巧妙な恋の三角関係のなかでミュッセがこの先、演じる役割である。

「どうして僕は君達二人の間で暮らし、どちらにも従属せずに二人を幸せにすることができなかったのだろうか？」と彼はたずねる。たびたび彼はジョルジュの香りがまだ染みこんでいる、マラケ河岸の人気《ひとけ》のない、青い屋根裏部屋を訪ねる。コーヒーカップの受け皿にたばこの吸いさしを見つける。彼は壊れた小さな櫛をまるで形見の品のようにポケットに入れる。覆いをかけた家具やカーテンのない窓を目にして、彼は死者の家に足を踏み入れたような気がする。そのたびに彼は意気消沈して帰宅する。

「今では僕のなかに激高も怒りもあるはずがないことを考えてほしい。僕に欠けているのは愛人ではない、仲間のジョルジュなんだ。僕は女性を必要としていない。僕に必要なものは、僕に答えようとして僕のそばにあったあのまなざしだ。そこには煩わしい愛も嫉妬もなく、ただ深い悲しみがあるだけ……」

七月の半ばから、ヴェネツィアの気温はやりきれないほど上昇する。家々の壁が暑さと蚊を閉じこめ、中で眠ることができない。ゴンドラの船頭達は舟のなかで、ヴェネツィアの住人はバルコニーや路地で睡眠を取ろうとする。サンドはヴェネツィアじゅうで一番詩情豊かな安らぎの場を見つけた。

「眠るのに絶好の場所がある。それは総督の庭からカナーレ（運河）に降りる白い大理石の階段である。金泥を塗った庭の格子が閉められている時には、沈む太陽の光でまだ熱い敷石までゴンドラで案内させることができる。そこでは迷惑千万な歩行者に邪魔されることもない。もっとも聖ペテロへの信仰を欠いて、そばにやって来るようなことがなければのことだが。私はそこで、何も考えずに、ただ一人で何時間も過ごした、船頭のカトゥッロとゴンドラは口笛が届くほどの、運河の真んなかで眠っていた。真夜中の風が菩提樹の枝をそよがせ、水面に花を散らす時、まるで大地が月に見つめられてかぐわしいため息をつくように、ゼラニウムと丁子《ちょうじ》の香りが時おり、立ち上がる時、サン＝マルコ大聖堂のドームが純白の半球と、ターバンで飾られたようなミナレットを空にそびえ立たせる時、ヴェネツィアの三要素の水と空と大理石のすべてが白色になり、サン＝マルコ鐘楼の頂から青銅の大きな音が頭上に響き渡る時、私はもはや体だけで生き始める。私の心に呼びかける者に災いあれ！　私は影をひそめ、休息し、忘れる」

（『ある旅人の手紙』第二信）

ある夜、ジョルジュは、アンリ四世校でのモーリスの終業式に参列するために早急にパリへ戻る決心をしたと言明する。パジェッロは考え込む。「すべてを超えて」愛しているこの女性をどうして引き留めようとしないのか、と彼は『日記』に書く。彼女は彼にパリまで同行するよう提案する。それからしばらくして二人で一緒にヴェネツィアに戻って来よう。彼はためらい、一日、考えさせてほしいと言う。翌日、彼はパリまで彼女について行くことを決めた。彼女がベリー地方にいる間は、あきらめて一人でパリに住むことにしよう。ノアンの彼女の許に行くことはしない。首都の滞在を利用して、病院を訪問し、著名な医者達に会いたい。ジョルジュは、彼が自分ぬきのパリ生活を考えていることに少々驚きながら、彼の話を聞き、

「お好きなようになさればいいわ」

とだけ言う。

だが、ピエトロには数か月間パリに滞在できるほどの資力がない。旅立つ前に彼は銀製の貴重な品々をいくつか現金にかえ、また、パリに着き次第、売却しようと、所有しているズッカレッリの絵を四点、パリに発送させる。

こうした準備や、旅券を取得するのに必要な手続きに手間取っている時、二人はミュッセの手紙を受け取る。

「親切な先生が説得されるよう、そして先生をヴェネツィアに引き取めている様々な困難を解決できる方法が見出せるよう期待している。(……)僕に一スーさえないことが残念でならない。僕が役に立てないとは! 僕の最良の友である君達に! 部屋のなかをどれほど見回そうとも甲斐がない。壁から油一滴、取り出せやしない。誰かを暗殺でもしない限り、僕は何の役にも立ちはしないよ」

一八三四年七月二十四日、ジョルジュ・サンドとパジェッロ博士はヴェネツィアを離れる。一月一日から滞在していた街であった。

サンドはこの猛暑の時期に乗合馬車での長旅を危惧する。そこで、旅程を自由に決めるために。専用の馬車を借りる。だが、それは一筋縄ではいかない。イタリアの貸馬車の御者達の多くが、山賊の出没する山岳の道を進む大旅行を請け負うことに応じない。行程の条件が長い時間をかけて話し合われる。「太っちょのカルロ」と呼ばれる、カルローネという男があらかじめ旅程を決め、たとえおびえた農夫達が引き返すよう忠告することがあろうとも、いささかなりとも行程を変更しないことを承諾する。オーストリア警察の監視は網の目のように張りめぐらされているから、こうした襲撃はしばしば、旅の日当の追加分を支払わせる口実を作るまやかしにすぎない、ということだ。カルローネは山賊どもが姿を見せたらこっぴどく殴ってやろう、と笑いながら約束する！　そこで、ジョルジュとピエトロは驚くほど大きな荷物の山とともに、彼の馬車に乗り込む。

サンドは口数が少ない。今ではイタリアを出ることにしか関心がないように見える。扉の方に身をかしげ、ヴェネツィアが過ぎ去って行くのを見つめる。思い出が心にあふれる。今や、最後のページがめくられた。

数日後にフランスで一体どのような生活が始まるのか？　家庭の仕事、六か月もなおざりにしてきた子供達の世話、ノアンで過ごす夏、一刻も早く会いたいミュッセのそばに戻ること、ほとんど彼の意に反して馬車に乗せたパジェッロのパリでの住まい、これらをどのように調整するか、確かなことは分からない。馬車がヴェネツィアから遠ざかるにつれて、彼女は親切な博士が首都に到着することがどれほど突飛なことか見極める。彼女がノアンへ発った後、パリで一人になり、完全に根なし草になったと感じはしないだろうか？ 彼は言葉も習慣も知らない、パリには一人の友人もいない。子供の頃からの陽気な仲間と宵を過ごすことに慣れている彼が、大都会の孤独のなかで何をすることができるだろう？ あらゆるものが実に安いヴェネツィアと同じような暮らしをフランスでするには、彼にはあまりにもささやかな額のお金しかない。ヴェネツィアで彼は献身的にすぎるほど尽くしてくれた。今から彼の愛情にどのように応じるべきか？ 彼をパリに連れて行くのは何という無分別であったことか！

心のうちを読むことのできるパジェッロは愛人のこわばった顔つきを黙って見守る。彼は容易に彼女の気持ちを見抜く。彼もまた自分の軽率の結果を見極める。

「パリに向けて進むにつれ、われわれの関係は次第に用心深く、冷ややかなものになっていった。私はひどく苦しんでいたが、それを隠そうと大変な努力をした。ジョルジュ・サンドは少々、もの憂げであったが、私よりはるかに自立していた。私は悲しい思いで、彼女のなかにこのような茶番劇《ファルス》にかなり慣れた女優を見ていた。私に目隠しをしていたヴェールが開かれ始めていた」と彼は『日記』に書く。

自分の力を超えている情熱に駆られて出発することを恥じ、家族に別れも告げないで、まるで泥棒のようにヴェネツィアを離れることを決めたのだった。旅が始まった今、彼は自分がすでにすべてを失ったことを理解する。

彼らはパドヴァ、次いでヴェローナを通る。ここではアレーナ（円形闘技場）を興味深く見学した。それから、木陰のガルダ湖畔に行く。水と木々の作り出す涼気に触れ、サンドのなかで生きることへの情熱とその喜びがよみがえる。自然の美しさはつねに彼女に力を取り戻させる、だが、それは嘆かわしい過去に判決を下すためだ。この深く澄みきった湖を眼前にして彼女は、これから生き続けるには、勇気を出してパジェッロから、この不毛な情熱から自分を引き離さなければならないことを理解する。ミュッセの思い出がもはや彼女の頭から離れない。

ひと晩の予定で宿を取った粗末な宿屋は、酔っ払いや騒々しい家畜で混雑し、むっとする暑さがその不快さをさらに増大する。ほとんどいつも、宿屋の庭のひんやりした園亭で給仕される夕食の時間だけが、二人の愛人の間で今や重苦しいものとなっている会話の気詰まりにもかかわらず、心地よいひとときである。二人はどちらも、別れが目前に迫っていることを確信していた。

七月二十九日、ミラノに到着する。ジョルジュは眠らない。朝の四時にホテルを抜け出し、大聖堂《ドゥオーモ》の上に日が昇るのを眺めに行く。子供達から遠く離れて芸術の精華を発見することに彼女はもはや耐えられない。彼女はモーリスに、彼がそばにいないことをどれほど残念に思っているか、そしてこの炎が燃え上がるような《フランボァイヤン》建築の繊細な彫刻に彼も同じ感嘆の念を抱いたにちがいないと、書き送る。それでもパジェッロは、いつものように絵画に夢中になって、彼女をブレラ絵画館に連れていく。ジョルジュはその中庭で、彼女の愛するカノーヴァが彫った名高い、カエサルの姿をしたナポレオンの像に見とれる。

ヴェネツィアの貧しさや惨めさに比べて、ミラノの豪華さに目を奪われる。ミラノ人はマリブラン*を聴くためにスカラ座の桟敷席に千フランもの金額を数日前に払うほど音楽に強い愛着を持っていると聞かされ、彼女は驚嘆する。幼いソランジュに首飾りやおもちゃを買い、うれしそうに書く。

* マリブラン（一八〇八－三六） スペイン出身のオペラ歌手。プリマ・ドンナとして人気を集めた。事故で夭折し、ミュッセが追悼の詩を献じた。

「私の大切な太ったおちびちゃん、（……）お母さんはあなたのところにもう向かっていますよ」

パジェッロの方は、父親にこっそり手紙を書くために引きこもる。

「僕が異国の女性と暮らして、青春を失い、職業を台無しにし、最良の母に教え込まれたキリスト者としての規範を公然と否認したことを父上は手紙で叱責されましたが、僕は返事を書きませんでした。釈明できないために、また、偽りの約束で嘘をつきたくないためにその手紙に返事を出さなかったのです。今、ミラノから返事を書いています。僕の愚行は最終段階を迎えています。これまでそうして来たように、この最終段階も目をつぶって駆け抜けなければなりません。明日、パリに向けて発ちますが、パリでジョルジュ・サンドと別れるつもりです。そして父上にふさわしい僕に戻って、父上を抱きしめるために帰国します。僕は若いので、仕事もやり直せるでしょう。これまでのように僕を愛して、パリに手紙をください」

ミラノで三日間、歩き回り、七月三十一日、サンドとパジェッロはコモ湖に向けて出発する。「これまでの人生で目にしたもっとも美しい光景」と、作家は後にリストとマリー・ダグーに語っている。植物学に熱中しているジョルジュは草地から湖までのゆるやかな斜面を物思いにふけって歩きながら、押し花標本のために色とりどりの花を摘む。

次いで二人はマッジョーレ湖の岸に足を止め、緑と太陽の光に溢れた天国のなかの、水辺の別荘に滞在する。カサマツの植えられた美しい庭に囲まれていた。ひとときの生気。だが、湖に太陽がゆっくりと沈み、やがて夜の靄のなかに消えてゆくのを凝視するジョルジュにとって、それは悲しみと死の光景であり、後に、絶望の淵に沈んだ時、作家の心に頻繁によみがえることになる。

翌日、山の空気が旅行者の元気を回復させる。ジョルジュは平織のズボンをはき、青色の上っ張りを羽織り、カスケットをかぶる。彼らは徒歩で旅を続けることにした、そしてシンプロン峠の小道をたどり、一日のうちに、イタリア側の斜面の酷暑から、アルプスの頂の凍るような寒さに移り、有頂天になる。三人のイギリス人が彼らの前方で険しい道をよじ登っていた。そのなかの一人が振り返り、曰《いわ》く言いがたい口調で彼らに声をかけた、「実に骨が折れますな！」

じっさい、この小旅行はジョルジュにとって巡礼であり、自らの意志で過去を振り返ることであった。同じ道をたどったアルフレッドが四月四日、ジュネーヴから彼女に書き送っていた。

「シンプロン峠を越える時は、僕のことを考えてほしい、ジョルジュ。アルプス山脈の永遠の亡霊がその堂々とした、静謐《ひつ》な姿を初めて僕の前に現わした。二輪馬車のなかで僕は一人だった。僕が感じたものをどのように表現すればいいのか分からない。これらの巨人は神の手が造り給うたあらゆる崇高について僕に語った」

マルティニに到達した彼らは、樅の木々の間を、よく知られた小道を通って、歩き続けることを望んだ、しかし、宿屋の主人がより賢明な忠告をする、どうして、他の旅行者のように、シャモニまでの道のりを走破するためにロバを借りないのか? 宿屋はよく訓練されたロバをすぐにでも提供しよう。そうすれば彼らはロバの背に乗ってバルム峠を楽に越えることができる。

だが、大きな黒雲がわき上がり始める。突然、ものすごい雷雨とともに稲妻が空に走り、長い間、雷鳴が山にこだました。たたきつける雨に動物が恐怖におののく。地面に釘づけになり、どれほど鼓舞しようとも、前にも後ろにも一歩たりとも動こうとしない。サンドとパジェッロはこれほど強情な動物をもはや抱え込まぬことを決め、ずぶ濡れになって、高地の牧場を駆け降りた。

翌日、朝早くから太陽が澄みきった空に再びきらめく。ジョルジュとピエトロはためらわず、もう一度、山登りを企てる。イギリス人、ドイツ人、アメリカ人からなるグループがその日、モン・ブランに山歩きをすることになっていた。どうして彼らに加わらないことがあろう？　二人は長い間、坂になっている小道を歩き、シンプロン峠で出会った三人のイギリス人とすれ違う。互いに相手を思い出し、祝い合う、もっとも、イギリス人達は前日と同様に、「実に骨が折れますな！」としか言えず、大笑いする。

この小旅行で二人はメール・ド・グラス〔フランス側アルプスの大氷河〕を渡った。これは当時の広告デザインで判断する限り、大いに流行していた。氷に杭を突き立てて、それにしがみつき、用心深く氷の上を滑り、一番深いクレバスに身を乗り出し、こだまを聞き、万年雪の上を歩く。その後、希望する者はシャモニまでまた降りる。サンドとパジェッロはそうすることに決め、他の者達は山小屋で夜を過ごすという。

二人はそれから数日間、ジュネーヴに滞在する。パジェッロは金銀細工師と時計製造工のこの街にとりわけ感嘆する。ヴェネツィアからの帰途、アルフレッドもまたこの街に足を止めた、そして店に並ぶ奢侈品が彼の心をとりこにした。今、ジョルジュが同じ店を訪ねようとしている。大切なルソーが生まれた街にいることに、そして、この倦くことを知らぬ植物採集者が描写した湖畔を自分の目で眺望できることに、彼女もまた感動する。

だが、子供達、とりわけミュッセに会いたくてじりじりしている彼女の頭にはたった一つの考えしかない、つまり、一気にパリに戻ること。旅が長引きすぎている。そこで、通常の便で、ドーフィネ地方、シャンパーニュ地方を経由して、彼らは八月十四日の夜、ついに首都に降り立つ。

誠実な友のブコワランが乗合馬車から降りて来る二人を待っていた。彼はジョルジュをマラケ河岸十九番地の彼女の家まで送るために辻馬車を呼ぶ。彼女の依頼で、彼はすでにアパルトマンを整えていた。八月十日からは規則的にやって来て水を給水器に運び上げ、彼女が到着した時に水が冷たいようにと、毎日、入れ替えていた。

次に、ブコワランは大いに気配りを見せてパジェッロをオギュスタン街のオルレアン・ホテルに案内する。ブコワランは彼のために四階の質素な小部屋を一日、一フラン五十サンチームで予約していた。ピエトロは、部屋で一人になった時、絶望感に襲われて、椅子にどっと倒れ込んだ、と『日記』に綴る。

「今やお前はほとんど金もなくパリにいる。二人の間には不確かな友情しか残っていない。お前のなかでは十分に薄らいではいない情熱に、そしてジョルジュ・サンドのなかでは満たされ、終わってしまった気まぐれに友情が取って代わるだろう。この先、いったい誰がお前を助け、お前の孤独な苦しみを慰めてくれるというのか？」

彼はトランクに母の最後の肖像画を入れてきたことを思い出し、ベッドの真向かいにある整理だんすの上に置き、自分を助けてくれるよう、一心に祈る。穏やかに彼に語る声が聞こえたような気がする、

「おまえは故国に帰り、そこで平穏に、尊敬されて日々を過ごすように。これからのおまえの行動は過去の過ちから教訓を引き出したものでなくてはなりません」

彼が気力を取り戻した時、扉を叩く音がした。サンドとブコワランが彼を夕食に連れて行くために迎えに来た。

食事の間に、ジョルジュは彼に、数日後に子供達を連れてノアンに向けて発つことにしたと伝える。子供達は申し分なく、大きくなり、良い成績で表彰されていた。これから先、子供達と離れればなれになるつもりはない。したがって、彼女はパジェッロを三か月の間、パリで一人にすることになる。ブコワランが近くにいて、新しい生活を助けてくれるだろう。サンドはズッカレッリの絵の売却を引き受けられるだろう、というのも、それを購入することを望むにちがいないラ・シャトルの友人がいる。サンドはパジェッロに、医学の領域での知識を深めるために、この滞在を活用するよう、改めて助言する。

サンドがこれほどまでに彼を丁重に扱い、優しい気持ちを見せるので、ピエトロは心の底から感動する。じっさい、彼女はまるで母親のように彼に話す、サンドは彼をどんな窮地に追いやったか、十分に見極めているように思われる。彼に段取りを説明しながら、彼女は彼の顔を見つめ、「鋭い目つきで彼の心の内を探り」続ける。彼がひどくもの静かで、穏やかであり、何も聞かず、何ひとつ要求せず、一言《ひとこと》も言わずにすべてを受け入れるのを見て、彼女はあっけに取られる。彼らは「この上なく雄弁な演説のように理解された」率直な握手で別れる。

ジョルジュの一番の気がかりはアルフレッドとの再会である。しばらく前から彼は生きることに再び興味を抱き始めているように思われた。彼女の助言に従って、彼は聖アウグスティヌスの『告白』に取り組んでいたが、これは彼の信仰をよみがえらせ、精神を高めた。サンドがヴェネツィアから彼に送った勧告――「ああ！　あなたにひざまずいてお願いしますわ、まだお酒も女性も早すぎます！」――に続いて彼にも落ち着いた時がわずかにあったが、すでに娼婦達のもとに出入りし、空《から》になったシャンパンの瓶が彼の家に積み上げられている。

パリに戻ると、彼は装丁本や昔の版画ばかりか書き物の一部を暖炉に投げ込んだ後で、他の絵を額に入れ、棚に本を並べた。何にもまして再び感興がわいた。彼は書きたいという欲求を覚える、たとえそれが彼の苦しみを表現するためであれ。一八三四年の夏、ビュロが彼に依頼した劇場用の戯曲『戯れに恋はすまじ』を書く。見事な出来栄えであった。その上、ヴェネツィアの恋愛事件が自伝的な小説の主題を与えた、もっとも登場人物の名前は変えられるだろう。彼はすでに四月にジョルジュに予告している。

第五章――別れのとき

「僕達の物語をどうしても書きたい。そうすることで僕が癒され、僕の心が高められるような気がしている」

彼女は真心から彼を励まし、拍手を送った。彼女がパリに戻った時、『世紀児の告白』の一部はすでに書かれていた。

だが、サンドがパジェッロとともに戻って来たことにアルフレッドは極度に動揺する。またたく間に彼の執筆計画は消滅した。帰着を知るやいなや彼は彼女の許に駆けつける、しかし、金髪の巻き毛の、虚弱な詩人には感動が強すぎる。この信じられないような状況に耐えることができず、決心をする。叔父が副知事の地位にある、トゥールーズに向けて旅立つという決心。
「ジョルジェット、昨日、君と別れて、僕は母にピレネーへの旅費を求めた。（……）君に再会することを望んだ時、僕は自分を過信していた、僕はとどめの一撃を受けたんだ。五か月に及んだ闘いと苦悩の悲しい仕事を再び始めなければならない。僕達のあいだにもう一度海と山を置こうと思う。（……）僕に一時間と最後の口づけを与えてほしい。君が悲しみのひと時を恐れるのであれば、僕の要求がピエトロを不快にするのであれば、ためらわず僕を拒絶してほしい」

（一八三四年八月十八日）

現実的な理由で、彼は旅の計画を放棄することになるだろう、だが、八月二十四日、バーデンに向けて発つ。そして、同じ日、ジョルジュと子供達はノアンに向かう。

パジェッロの方は、状況を現実的に検討する。サンドとミュッセの間で情熱が再び燃え上がっていること、今後、主役達の、理性を超えた愛に彼の存在は無用な障害であることをたちまちのうちに理解する――もっとも、ヴェネツィアを出発した時から感づいてはいたが――。それでも、しばらくはパリに一人でとどまっていなければならないことが彼には分かっている。

ジョルジュは八月には彼に一度も手紙を書かない。確かに、ノアンに着いてすぐに病気になり、多くの動揺や悲しみに疲労困憊し、ほんのわずかな活動も不可能であった。いつものように大急ぎで駆けつけて来たベリーの友人達さえ、彼女を暗い気持ちから抜け出させることができなかった。それでも、彼らは並々ならぬ友情を惜しまない。彼女の涙や沈黙や不幸の物語を聞くために、今にも消えそうなろうそくの明かりのなかで、喜んで夜遅くまでサロンにいる。彼らは彼女に腕を貸して野原を長い時間、散策する。だが、これまでの彼女の人生で初めて、野原さえ有益な効果を及ぼすことができない。暑い夜がすでに暗くなった頃、彼女は時々、一緒に外出してくれるよう彼らに頼む。なつかしいこの環境がサンドに笑うことや生きることへの意欲をよみがえらせると期待して、彼らは星明かりを頼りに、生け垣に沿って、ベリー地方のくぼんだ道をゆっくり歩く。

ノアンに落ち着いて一週間後の八月三十一日、ジョルジュはペンを取り、直接、ピエトロにではなく、ブコワランに書く。

「今、あなたは私の友人のパジェッロに心遣いやお世話の限りを尽くしてくださっています。この心遣いが私に向けられる以上に感謝しています。パジェッロは善良で、立派な、あなたと同じ性質の人間、あなたのように優しく、献身的な人間ですわ。アルフレッドと私の命の恩人です。(……)おそらく近々、帰国するでしょうから、この善良な青年に二度と会えないおそれがありますので、（大変愛想がよくなったデュドゥヴァン氏の同意を得て）こちらで一週間か十日ばかり過ごすよう、彼を招待します。彼がこの招待を受けるかどうか分かりません。私を喜ばせることになりますから（……）この小旅行をあなたからも勧めてください。（……）不幸にも不毛で、今にも消えようとしている友情を彼に示す機会が私に与えられることでしょうから」

「善良な青年」パジェッロはこの招待を受けたいとは思わない。二人の間にもはやいささかも優しい愛情がない今となって、どうして子供達や夫と一緒にいる彼女に会いにノアンに行けるだろう？　デュドゥヴァン夫人の家庭で夫人の招待客になるのは、彼が受け入れることのできない運命のいたずらのように彼には思われる。

ブコワランがなにくれとなく示す友情は、彼がパリで新しい生活に順応するのを助ける。パジェッロ博士の『日記』の多くの部分と、彼が頻繁に父親へ送った手紙から、パリでの彼の新しい仕事を容易に再現することができる。たとえば、ブコワランは彼をパリ市立病院の事務局に連れていく。パリのすべての病院に対する「実践許可証」が彼に交付される。この時代のもっとも著名な医学の教授達と会う約束をする。彼はそれぞれの治療法を比較する。

ブコワランは次いでビュロの許に案内しようと申し出る。サンドの発行人はヴェネツィアの事件の一部始終に通じている。彼はその風聞を集めたい。パジェッロが『日記』で語っている。

「ブコワランは大きな荷物を抱えてきて、ビュロに手渡した。ヴェネツィアの僕の家で書かれた『ジャック』の第二巻であった。

「――それでは彼女は帰って来たのですな？

とビュロが言った。

「――そうです。

ブコワランが答える。

「――いつ？

「――二日前に。

「――あの風変りな女性のおかげで私はまったく気狂いになりそうだ。一か月も前から待っていた原稿ですよ！　だが、噂では、イタリアの伯爵か何かを相手に新しい恋のとりこになったということだが。

「ブコワランは微笑し、僕は赤くなった。ビュロは像のように不動でいた。そのあいだ、僕は顔を背けて、部屋を飾っている何枚かの版画を見ていた。ブコワランがビュロに耳打ちした。すると、それまで僕にほとんど気づかなかったこの男が眼鏡をかけ、片目で遠慮がちに、また礼を欠かぬように、僕をじっと見、この上なく愛想のよい質問をし、この上なく丁重な申し出をし、さらには、ジャーナリストとして、どこの劇場にもショーにも入ることのできる許可証を差し出した。僕は礼を言いながらポケットに入れた、そして、僕の文壇での重要性を面白がりながらいとまごいをした。許可証はジャーナリストの任命と同じことであった。（……）僕が『ある旅人の手紙』のジョルジュ・サンドの協力者であると知ると、彼は自分の雑誌での仕事を提案した。（……）ビュロの机にはいつも金、金、金を無心するあらゆる種類の手紙やメモや陳情が山積みされていた。それも、作家の頭のなかにまだ眠っているのに、二週間後に、一か月後に、一年後に届けると約束する論文や物語や話の主題が唯一の担保であった」

パジェッロはパリの街を毎日、長時間歩き、ヴェネツィアの建築と大いに異なっていることに驚く。家々は彼の目には厳格で、陰気に映り、我慢できない。彩られ、陽気なイタリアの街々が持っている洗練された趣味はいったいどこにあるのか？　だが、植込みや噴水やレモンの並木、露地に咲く花々のあるチュイルリー宮殿の庭園は彼を驚嘆させるだろう……「少なくとも二万人の見物客」がいなければ。

街角での新聞の競売りは彼を面白がらせる。最新のニュースを可能な限り早く知ろうと、いっせいに売り子に飛びかかるパリっ子達に彼は驚く。唯一の幸せがゴンドラのリズムに合わせて歌うことである、ヴェネツィアの人々となんと異なっていることか！

「金持ちも、庶民も、店の主人も、人夫も、そして道を歩いている時も、乗合馬車に乗っている時も、誰もが新聞を食い入るように見ている」

歩道をそぞろ歩きしながらも、常に多忙なこうした人々のせわしなさは、ヴェネツィアの安逸と比べて彼には信じられない。通りを大股で歩きながら靴下を編んでいる職人や銅を指で細工している職人達に出会う。彼は結論を出す。

「当地では時は金《きん》と見なされ、一方、イタリアでは、泥、あるいはそれ以下と考えられていることが分かる」

パジェッロはサンドの奔走のおかげで、やっとズッカレッリの絵を売却する。実際には、誰が買い手であったのか、彼が知ることはない。おそらく、望み通りの金額を彼女が自分の財布から出して彼に渡し、絵を売却したと断言したのだ。彼はロスチャイルドになったような気がする。それでも、用心深く、たいして金のかからない快楽で満足せざるを得ない、それはこの滞在がどれほど長引くか分からないからだ。彼はまだ、あきらめて故郷に戻る決心がつかずにいる。

彼は疲れ果てるまでパリを見て回る。食事は毎日、ボンバルダという名のヴェネツィア生まれの男の店で取る。三十三年前に小さなイタリア料理店を開いたこの男の店で毎日、界隈に住むイタリア人が顔を合わせる。彼はそのなかの何人かと親しくなり、容易に会話できることに満足する。そればかりでなく、彼の好みの料理、とりわけポレンタ〔トウモロコシの粉に水またはスープを加えて火にかけ、練りあげた料理〕がある。彼はフランス人達が食べるライ麦パンや、ほとんどの皿に添えられているニンジンに慣れることができない。この夏の日々の夕べ、彼はプチ・パンと果物の食事をしに植物園にしばしば出かける。植物園は彼にとって興味の尽きない場所である。彼は象使いと親しくなりもした。象に乗った象使いは彼に話しかけるために象の歩みを止める！　彼はあらゆるものに興味を持とうとする。

ある日、彼は議院にまで足を運ぶ。その著作を知っているラマルティーヌ*が演壇で道路の整備作業に軍隊を使うことを華々しく提案する。日曜日には、コンピエーニュに行き、砲兵隊の演習を見学する。彼はヴェルサイユ宮殿も知りたい、だが、フランスの芸術家達の古風で型にはまった絵画には大きく失望する。陽気な場面をしばしば描いているヴェネツィアの画家の作品に比べれば、彼の目には非常に冷たく、しかつめらしく思われるのだ。

＊　ラマルティーヌ（一七九〇-一八六九）　フランスの詩人、政治家。『瞑想詩集』（一八二〇）はロマン主義時代の幕開けを示すとされる。二月革命直後には暫定政府首脳をつとめた。

絵を売ったお金で彼は外科の小さな装置を購入することができる、したがって、デュピュイトラン*、ヴェルポ**、リフラン***ら、この時代の偉大な外科医達の手術室に入ることが許される。イタリア人として彼は大いに歓迎され、敬服されさえする。何人かは彼の師であるヴェネツィアのスカルパ****博士の名声を知っている、そして、賞賛の言葉を惜しまない。彼は自分の職業のための貴重な情報を多数入手する。彼はたびたび昼食に招かれた。

＊　デュピュイトラン（一七七七-一八三五）　フランスの外科医。ルイ十八世、シャルル十世の外科医をつとめる。
＊＊　ヴェルポ（一七九五-一八六七）　フランスの著名な外科医。著者多数。
＊＊＊　リフラン（一七九〇-一八四七）　フランスの著名な外科医。著者多数。
＊＊＊＊　スカルパ（一七四七-一八三二）　イタリアの著名な解剖学者、外科医。

こうした簡素で、勤勉な生活の目的は、孤独を紛らせ、ジョルジュ・サンドの放棄と言わないまでも、沈黙による苦しみを少なくすることである。彼女に再会する可能性はもうほとんどないと分かっているものの、まだ情熱的に愛している。秋の初めに、ジョルジュはきっと首都に戻って来るだろう。その後の彼女の生活はどうなるのか？　ミュッセもまた、遠からず戻って来るにちがいない。唯一の解決策がパジェッロには分別あるものに思われる、つまり、故郷に戻ること。彼は父親にそれを知らせる。

「別れなければならない多くの友人のことや、はっきりしない僕の将来のことを考えると、金銭的理由からは言うまでもなく、僕の心も望んでいる決心が僕の心を重くしています。(……)それでも、『お前はパリに残るのか?』と自問すれば、『いや、ここの空気はお前のものではない、ここで生まれた人間のようにうまく呼吸することができない』と僕のなかで答える声が聞こえます。ここではあまりに多くの裏切りとごまかしが強要されますから、僕の性質では慣れることはできないでしょう」

十月初め、サンドは確かにパリに戻って来る。数日後、パジェッロは彼女にあいさつするためにマラケ河岸に行かずにはいられない。二人が会うのはこれが最後になることを彼は容易に理解する。だが、彼女があれほど彼に話して聞かせた青い屋根裏部屋にいる姿を思い浮かべて、どうしても彼女に会いたい。彼はすっかり感激して、階段を上がる。サロンではブコワランがジョルジュのそばにいた、ジョルジュはその豊かな想像力でも予想できなかった、思いがけない場面に少し気詰まりを感じた。彼女にとってはすべてがかくも単純でありえたのだ！　どうしてピエトロとアルフレッドが心のなかで一緒にいられぬことがあろう？　パジェッロはヴェネツィアであれほどまでに親切で、理解があった……

善良な医者はいつまでもむなしい涙に暮れてはいない。

「僕達の別れは無言であった。僕は彼女の目を見ることもできないまま、手をしっかり握った。彼女は当惑しているようであった。彼女が苦しんでいたかどうか、まったく分からない。僕の存在が困惑させていた。彼女がいつもの習慣でその愛の倦怠を包み隠す、理解されにくい崇高な思想を、単純な良識で打ち壊しているこのイタリア人は彼女をうんざりさせていたのだ」

おそらく、彼の言うとおりだ。ピエトロが出発することはジョルジュにとって、もっとも心安まる状況、再び見出した情念に向かって自由に飛翔することを可能にする唯一の状況を作り出す。

十月二十三日、ミュッセがまもなくパリに戻ってくることを彼女は知っている。

パジェッロはみじめな思いで首都を離れる。ジェノヴァ行きの船に乗るために、マルセイユにたどり着かなければならない。心の一部を残したこの地を永久に離れる前に、彼は書き記す、

「さらばフランス、おそらくは二度と目にすることはないが、決して忘れることのない優し

く、礼儀正しい国。わずかな月日に、僕の人生の三十年を過ごした……」

バーデンにいるミュッセは酒を飲み、たばこを吸い、賭事で金を失いながらも、輝かしく、貴族的な社交界に足繁く通い続け、難なく名誉ある地位を築き、女性にもてる一方で、ジョルジュを「僕の許嫁《いいなずけ》」、「僕の美しい愛人」、「僕の最初にして最後の愛」と呼び、情熱に燃えた長文の手紙を送ることを決して忘れなかった。激しく心の乱れたジョルジュはわずかにとがめるような、だがとりわけ悲しげな口調で、「もう私を愛してはいけません、私は有害なばかりです……」としか答えることができない。自分を愛してくれる人々、そして彼らが苦しむのを目にすることが彼女には耐えられない人々に、心ならずも与えている苦しみをおそらくは遅まきながら見積もって、彼女の心は絶望の淵に沈む。自分が子供達にとって唯一の支えであることを彼女は知っている。その子供達のことを考えて、川に身を投げることを何度も思いとどまったと、アルフレッドに書く。

十月十三日パリに戻ると、アルフレッドは直ちに、彼女に会いたいという強い願望を知らせる。

「僕の愛する君、僕は戻って来た、君は僕にひどく悲しい手紙をくれた。僕のかわいそうな天使、だから、僕も悲しい気持ちで帰って来た。君は僕達が会うことを望んでいる、僕も望んでいる！　だが、僕のことを恐れないでほしい、一瞬たりとも君を苦しませるような言葉はひと言たりとも言わない、君を苦しませることは何ひとつしない。大切な君、僕達は会おう。君は完全に信頼していい、僕が身も心もどれほど君のものであるか分かるだろう。それは君に関わることだから、僕にはもはや苦しみも願望もないことが分かるだろう。僕を信頼してほしい、ジョルジュ、僕は絶対に君を傷つけはしない。（……）だからひと言、君に都合のいい時間を言っておくれ。それは今晩だろうか？　明日だろうか？　君が望む時を、君に自由な一時間が、自由な一時《ひと》がある時を」

まさしくその日に彼らは再び愛人に戻った。

だがその最初の日から、アルフレッドの嫉妬が激化する。絶え間なく彼はヴェネツィアでの出来事について、パジェッロのしぐさや言葉について、ジョルジュに刻み込まれている思い出についてたずねる。彼女はうんざりし、いらだちもし、会話のなかで、また、手紙のなかで彼をとがめる。

「数々の質問や疑惑や激しい非難。（……）ピエトロについて話すのを私はあなたに禁じたというのに、なぜ、彼のことを口にするのでしょう？　それにいったいどんな権利であなたは私にヴェネツィアのことをたずねるのです？　ヴェネツィアで私はあなたのものだったでしょうか？（……）私にはピエトロに対して、そして自分自身に対して、ヴェールで覆われたままでいる義務があり、あなたはそのヴェールを私から取り上げてはなりませんわ。もし彼が私達の閨《ねや》の秘め事をたずねたとしても、私が答えたとお思いですか？」

ミュッセは怒りや痛ましいほどの激高で反駁する。そして翌日になると、恥じいり、ジョルジュと自分のあいだの溝を深くしただけであることを自覚して、許しを求める。

「大切な女《ひと》、大切な女《ひと》、僕は君に対して何と罪深いことか！　昨晩、僕は君をどれほど傷つけたことか！」

サンドは極度に苦しい時期を過ごす。もっとも親しい仲間達の友情さえ彼女を楽しませることも、生活意欲を取り戻させることもできない。人は人生に苦しみや、言いようのない倦怠以外の何かを期待できるのだろうかと、彼女は自問する。神は存在するのか？　そして、もし存在するのであれば、彼女の胸をたえずふさぎ、呼吸することを阻んでいるこの悲しみから、いつの日か、彼女を解き放ってくれるのだろうか？　彼女だけを除いたすべての人間が知っている、本能的な生への愛着心を、神は彼女に拒んだのか？　精神的な無気力や疲労、終りのない不調のために、どんな仕事も、どんな楽しみもまったく不可能になった。

十一月、彼女は『私的な日記』に気持ちを明かし始める。自らを責めながら、彼女はヴェネツィアでのいくつかの場面を思い出す。時に、赦《ゆる》しを求めながら、神に呼びかけ、また、時に、「哀れな瀕死の鳩」、アルフレッドに話しかける。

「ああ、神よ、あなたがこの病ゆえに、私ゆえにお苦しみになったと考えるたびに、私の胸は嗚咽に張り裂ける思いでした。私はあなたを欺いていました、私は二人の男性の間《はざま》にいました、その一人は、『僕の許に戻っておいで。僕は犯した過ちを償おう。君を愛し、君なしに死のう！』と言い、もう一人は、私のもう一方の耳に小声で、『気をつけてください。あなたは私のものです、もう決まったことです。うそをついてください、神はあなたを許されましょう！』と言った。ああ、哀れな女、哀れな女！　あの時こそ死ぬべきであった！」

それでも彼女はベッリーニ*の『異国の女』の公演に行く。イタリア・オペラをどうして聴かずにいられよう？　しかし、彼女は極度に不快を覚える。音楽が彼女の苦悩を増大し、愛のドラマに再び陥れる。「毒蛇が私の心をかむ」と彼女は言う。黒服に身を包んだ男達、羽根やバラの花で飾り、肩をあらわにして、晴れやかに微笑んでいる女達の真んなかにたった一人で、共和主義《ブザンゴ》の若者の格好をして悲嘆に暮れ、彼女は何をするというのか？　少なくとも、彼女がビュロに打ち明けたところでは。もっとも、まさにこの夜、劇場で彼女に出会ったビュロの筆は大きく異なっている。

＊　ベッリーニ（一八〇一－一八三五）　イタリアの作曲家。その真髄は旋律の美しさにあり、「オペラのショパン」といわれる。

「私がイタリア座に入ると、魅力的な若者が私に大きなげんこつを一発くらわす。ジョルジュだった――彼女のために私が切符を手に入れたのだ。ブラズ氏に出会う、彼はわれわれを四階の桟敷席に案内する――心楽しい宵――ジョルジュとカフェ・アングレで夜食を取る」


だが、ある晩、彼女はサン＝シュルピス教会に行く。薄暗い教会の奥で敷石の上にひざまずき、神に呼びかける。

「私をお見捨てになるのですか？」

彼女は心の奥底で、「告解するがいい、告解するがいい、そして死ぬがいい」と答える声を聞いた気がする。

彼女は告解する、だが、死にはしない。

「私は死ぬことができなかった、というのも人は容易には死なない、人は生き、そうしたすべてを苦しみ、苦難の一滴一滴を飲み、苦しみと涙を糧に生きるからである」と、『私的な日記』に書く。

アルフレッドのいないことが、彼女の肉体の奥底までも寂しがらせる。昼も夜も。

「ああ！ 先夜、あの人が私のそばにいて、私を抱擁している夢を見た、そして、快楽に恍惚となって目が覚めた。何という目覚め！ 私のそばにある髑髏《どくろ》、そして、あの人が二度と足を踏み入れることのないこの暗い部屋、あの人が二度と眠ることのないこのベッド。私は叫び声を上げるのを抑えることができなかった」

ビュロが彼女をうるさく攻め立てる。彼は新しい作品を求めている。ジョルジュ・サンドの想像力と才能を十分に知っているから、彼女がヴェネツィアへの旅行で、将来の小説のために好評が約束されているような素晴らしい主題を持ち帰ったことがよく分かる。彼は出版することを切望している。成功を確信して、早くも喜んでいる。そして十一月六日、まだ題名のない小説の契約書に署名させる、静謐この上なき共和国《ラ・セレニッシマ》〔ヴェネツィア共和国〕が輝かしい背景となるだろう。カナーレ・グランデ（大運河）やドゥカーレ宮殿を舞台とする恋愛事件か？　ほとんどいつも悪意のこもったうわさか、きわどいうわさがたえずその耳に入っているパリの名士達が、この三角関係のことばかり話題にしているだけにいっそう、読者はこのような本を奪い合うにちがいない。

子供達がこうした渦に巻き込まれないようにすることが、ジョルジュには是非とも必要である。寄宿舎がもう一度、二人を受け入れよう。モーリスは泣きながらアンリ四世校に戻る、だが勉強に全く熱意を示さない。ソランジュはエトワール広場の柵（現在のバイロン卿街九番地）のそばの、十二名の寄宿生のための小さな学校、緑のなかの、おそらく魅力的であったにちがいない「小ぎれいな家《ボンボニエール》」に連れて行かれる。だが、彼女もまた、母親を呼び求めて泣き続ける。

自由になったジョルジュはブルターニュ地方の、友人ラムネ*の家に二週間ほど出かける計画を入念に作り上げる、だが、直前になって思いがけぬ不都合が生じ、計画を実現することができない。実際には、彼女はパリから遠ざかる決心がつかないのだ。まだ何を待つことができるというのか？

＊　ラムネ（一七八二－一八五四）　フランスの宗教哲学者、司祭。急進的な見解で、法王庁から破門される。『一信者の言葉』。

一八三四年十一月十日頃、ミュッセとの別れは避け難く、目前に迫っているように見える。十二日、アルフレッドは友人のタテに、「もうおしまいだ」と書く。

絶望を表わそうと、ジョルジュはロマンチックな行為、おそらくはカサノヴァの『回想録』の一場面から思いついたであろう行為を考えつく、つまり、世俗の生活を捨て、否認する過去と訣別の決心をした修道女の心で、彼女ははさみを手にし、美しい黒髪を切る。彼女は頭蓋《ずがい》の形をした奇妙な小箱に髪の房を入れる。彼女の封印で密封し、別れのしるしとしてアルフレッドに送らせる。

この十一月、彼女はほとんど毎日、ヴォルテール河岸十五番地にある、ドラクロワのアトリエに通う。ポーズをとっている間、二人は「美味なわらたばこ」を吸う、画家はスペインやモロッコへの旅の話をふんだんにする。不運に見舞われたサンドが真に気晴らしができる、休息の時間であった。ドラクロワは彼女の話に耳を傾ける。彼は日々の、そしてなくてはならない、心を許せる友となる。彼は彼女を楽しませるために提案することしかできない。彼の冗談はしばしばジョルジュの悲しみを紛らせる。

だが、数週間かけて彼が制作した肖像は、この悲嘆に暮れた女性の痛切な思いを正確に伝える。涙にうるんだ目、空に向けられたまなざし、スカーフで少しばかり隠されてはいるものの、不ぞろいにひどく短く切られた髪。おごそかで、夢見がちで、そして非常に美しい若い女性がそこにいる。この作品から強い力が発散する。ドラクロワが彼女の内奥に感じ取った力、すべての男性が彼女のなかに賛美する力、そしてほとんどいつも、彼女の周囲の人々を支えている力。ジョルジュがひたすら取り戻したがっている若々しく、沸き立つような生命力。

「ああ！　誰かを愛し始めることができるのであれば！　神よ、ヴェネツィアでのあの度外れの活力を私にお返しください、おそろしい絶望の最中《さなか》にまるで怒りの発作のように私をとらえた、生へのあの激しい愛着をお返しください、私がまだ愛することができますように。ああ！　人々は私を殺そうとして楽しんでいる！　そこに喜びを感じ、笑い興じながら私の涙を飲む！　よろしい、この私は死にたくない、愛することを、若返ることを、生きることを望んでいる」

（『私的な日記』）

ドラクロワは、情熱と闘うことをやめ、もう一度それに身をゆだねるようにと助言するにとどめる。あとは時間と消耗が事を成し遂げてくれるだろう。

ある日、ポーズの時間が終わって、彼はゴヤの『気まぐれ』の素描の一部を見せる。彼女には素描と絵画の真実の才能があるから、彼女が鉛筆や絵筆をもう一度手にしないことがどうしてあろう？　それは、彼女にとってかくもつらい時期に心を奪ってくれるだろう。ミュッセが『気まぐれ』を――ジョルジュが持っているアルバムに――とりわけ、体を後ろに反《そ》らせて、スカートを高くたくし上げている女達――すらりとした体つき、アンダルシア女の胸、長い髪――を模写したことをドラクロワもサンドもよく知っている。

「ゴヤのこの美しい女達の何人かをそっくり模写することに没頭しよう。私が発つ時には私の模写を『愛する天使』に送り届けよう、たぶん、拒みはしないだろう。これらの女達をあの人が好んでいるのを私は知っている。この小さな版画のなかのどれか一人の顔つきをして、夜、会いに行くことができれば、不幸なジョルジュであると見分けはしないだろう、そして、一時間にすぎなくとも、愛してくれるだろう」と『私的な日記』に彼女は書く。

　彼女には今や、アルフレッドに再び会う、というただ一つの願望しかない。

「あの人が私に扉を開けてくれるまで呼び鈴のひもを引きに行けば、あの人が通りがかるまでそこで横になっていれば？（……）一週間に一度だけでも、私に生きる力を与え、勇気を与えてくれる一滴の涙、一度の口づけを求めに来させてほしい」

　そして、彼らは再会する。ジョルジュは「大切なかわいい天使」の魅力にあらがうことができない。情熱が再び燃え上がり始める。もう一度、彼らは夜を一緒に過ごす。それにもかかわらず、この情熱のよみがえりが失望と苦悩をもたらすことしかできないのを知っている。彼らの会話はほとんどいつも死や自殺を取り上げる。

二人の気持ちが不安定な時期にアルフレッドは重い病気になる。彼は母の家に暮らしているが、高熱のなかでジョルジュを枕許に呼び求める。彼はもはや彼女だけを必要としている。その母親のような優しさがなければ、回復することはない、彼はそう確信している。しかしながら、年老いた子爵夫人は、ヴェネツィアで息子の心を踏みにじったこの女に対して恨みがいっぱいで、扉を開けるつもりはない。このような訪問はアルフレッドの病気を悪化させるばかりと夫人には思われる。夫人は息子をいっそう細《こま》やかに世話するが、息子の方は、母親の知らぬ間に、友人達にジョルジュを連れて来るよう懇願する。

彼の許に行く心構えができていたサンドは、看病に駆けつける。だが、彼の部屋に行き着くための策略をどのようにして見出すか？　男装して、友人達にまぎれて入り込む？　感情的な次元の説得で母親を動かすことができると彼女は考える、だが、はるかに復讐心を持った、アルフレッドの妹の心を動かすことはないと分かっている。そこで彼女はある策を考えだす。下女に白いエプロンと頭布を借りて、看護人として戸口に現れる。彼女は入ることができた。

心の広い老夫人はおそらくこの巧妙なごまかしに気づいていたにちがいない。夫人は何も見なかったふりをする。息子をいらだたせず、回復の手助けをしたいと思っているのだ。ジョルジュはヴェネツィアで見せた、あの愛情のこもった仕草と優しい心遣いでアルフレッドを看病する。彼女は彼の枕許に座り、母親のように枕を整え、彼女の作った煎じ薬を彼が飲むのを助ける。

数日でミュッセは回復した。彼女も同様に。二人の情熱がもっとも幸せな日々のように、よみがえる。

一八三五年二月十四日、二人はフランス座に出かけ、どちらもが賛美しているヴィニー*の傑作『チャタートン**』の二回目の上演を、愛情で結ばれたカップルとして観劇する。彼らはイギリスの若き詩人の自殺に一緒に涙を流す。二人にとってずいぶん前からあまりに馴染み深いものとなっている主題である絶望の果ての死の光景に激しく心を動かされ、涙にくれているジョルジュは、親友のマリー・ドルヴァル――「キティ・ベル役であまりに美しく、聡明で、見事な」マリー――に賛辞を述べに彼女の楽屋を訪れることさえできない。やっと翌日に手紙を書く。

＊　ヴィニー（一七九七－一八六三）　フランスの詩人、劇作家。
＊＊　『チャタートン』（一八三五）　イギリスの詩人トマス・チャタートンをブルジョワ社会に受け入れられぬ存在として描く。

十日ばかりの間、ある種の和やかさが二人の愛人のあいだに定着した。だが、二月二十二日、激しい口論が突発する。日曜日のために寄宿舎から外出しているモーリスとソランジュが青い屋根裏部屋で母のそばで遊んでいた。酒の影響でいら立ち、怒りっぽくなっているミュッセが何かにつけてけんかを売る。子供達は黙ってうずくまっている。

ジョルジュは絶望に至るしかない情熱を再びかき立ててしまった自分の無分別に気づく。彼女は詩人をとがめる。すると彼は短刀を手にし、母親と子供達を荒々しく脅すふりをする。それから、自分の行為を恥じ、階段を駆け降りる。階段の下で、彼はしわくちゃになった紙に大急ぎでなぐり書きする。

「怖がらないでほしい。誰かを殺すような力は今朝の僕にはないのだから」

そして、帰宅して身を隠す。

ジョルジュの動揺は容易に想像できる。こうした激高に決定的に終止符を打とうと、彼女はもう一度、ペンを取る。

「もうたくさん！（……）あなたをお気の毒に思いますし、何もかも許してさしあげます、でも、私達は別れなければなりません。私は意地悪になってしまいます。あなたはその方がいいと、あなたが私を侮辱する時には私があなたに平手打ちを食らわすべきだと言います。私には闘うことはできません。神は私を穏やかではあるものの誇り高い人間になさいましたわ。私の誇りは今では打ち砕かれています、そして私の愛はもはや哀れみでしかありません。癒えなければなりません、とあなたに言いましょう。（……）あなたの振舞は嘆かわしく、耐えがたいものです。ああ、これからどんな生活に私はあなたを委ねるというのでしょう！熱狂、お酒！　相も変わらず女達。けれどもあなたをこうしたものから守るために私にはもう何もできないのだから、私にとってのこうした恥辱、あなたにとってのこうした責め苦を引き延ばす必要があるでしょうか？　私の涙はあなたをいら立たせます。こんな状況のなかであなたの気狂いじみた嫉妬！　あなたが嫉妬する権利を失えば失うほど、あなたはいっそう嫉妬深くなるのですわ……」

数日後、ミュッセは再び姿を現す。彼はイタリア語で出発の決意を伝える――「見ることも話すこともなく、明日旅立つ狂人の手に触れる」。三月初め、彼は相変わらず発ってはいない、そして、青い屋根裏部屋の戸口にもう一度、姿を見せる。

ジョルジュは逃げ出すべきであるのは今や、自分であることを理解する、だが、ミュッセに知られずに。彼には最終的な決心をすることは決してできないであろう。三月六日、彼女はブコワランに夜行便の乗合馬車にノアンまでの席を予約してくれるよう、そして、誰にも、門番にさえ、出発を疑われないために午後にブコワラン自身が荷物を取りに来てくれるよう依頼する。彼が彼女を迎えに来た時、もしミュッセが彼女の許にいるようであれば、彼女の母が重病で、大至急、駆けつけるよう求めていることを口実にすれば事足りるだろう。

乗合馬車に乗り込む前に、ジョルジュはミュッセ夫人に別れの言葉をしたため、夫人がその深い訳を知っている贈り物——籠に入ったホシムクドリを添えた。彼女にとってそれははかない、だが、彩り豊かな、陽気な小さな命の象徴。小さな声は彼女の旅立ちの後も、このミュッセ家のサロンの飾りのない、厳かな家具に囲まれた静寂のなかで、歌い続け、愛し続けるであろう。真摯に幸せであることを望んだ愛の思い出を彼女はミュッセ家に残したい。

「奥様、これっぽっちも自分を責めるべき落度のない、この哀れな小鳥を贈らせてくださいませ。あなた様は私のことでずいぶんとお苦しみになったことでしょう。それなのに私をお恨みにならず、広い心で私に接してくださいました。このことにお礼を申し上げますと同時に、私ゆえのお悲しみやご心配に対しまして、心の底からお詫び申し上げます。あなた様がこの手紙をお受け取りになられます時、私はもうパリを発っております。あなた様が私のことで二度とお苦しみになることはないとお誓いいたします。

あなた様のお手に口づけいたします。

それではおいとまいたします。

ジョルジュ・サンド」

翌日、ノアンに到着すると早速、ジョルジュはブコワランに、すでにベリーの友人達と再会したこと、ビュロのために仕事をする準備をしている、というのも、長い月日、「生死の境にあった」精神は何ひとつ構想できなかったから、と書き送る。しかしながら、たえず、ミュッセの反応や健康が気にかかり、手紙のなかで消息を請《こ》いながらも、彼女の秘密を明かさぬよう親友達すべてに約束させる。

ミュッセが美しいジョベール夫人……そしてその他多くの女性に夢中になるのに時間はかからない。

エピローグ――文学のなかに

サンドの苦しみが癒えるにははるかに長い時間を必要としよう。

「私の日々はまるで死のように悲しく過ぎて行く。そして私の力は急速に涸れて行く。一昨日、私はかなり良かった。私にとって魅力がないわけではない、一種の無気力に陥るのを感じた。心と体の疲労が私のなかであまりに大きく、感受性はもうほとんど残っていなかった。私は一日の倦怠と喜びを受け入れた、かつてのように、『明日、私は生きていられるだろうか?』と自問することはなかった」

何ページにもわたってこうした憂愁がにじむ。そして、ある日、やっと、生への情熱が彼女のペンからほとばしるように思われる。

「私は三十歳になった、まだ美しい、少なくとも、二週間後には美しくなっているだろう、涙を流すことをやめられるならば」　（『私的な日記』）

心地よく、素朴な喜びを彼女に惜しみなく与えるノアンが、またしても、彼女にとっての唯一の薬となった。自然の美しさ、子供達への愛、友人達の存在がとうとう彼女の絶望に打ち勝つ。ノアンで、穏やかに、彼女は初めて喜びを感じ、『ある旅人の手紙』第四信で友人のジュール・ネロ*に打ち明ける。

＊　ジュール・ネロ（一七九五－一八五五）　フランスの植物学者、弁護士。

「ロリナや子供達と一緒に川から戻ってきた。暑く、険《けわ》しい道だった。ソランジュを肩車にして、耕された土地を横切る時、私は一種の幸せを覚えた。モーリスは仲良しと私の前を歩いて行く。家の犬は醜く、もの憂げではあるものの、われわれにすっかり慣れ親しみ、自分のねぐらを確信し、われわれの一歩一歩にぴったりとついてくるから、家族の一員のように私には思われた。ロリナは彼の流儀でふざけ、私の母にとめどなく冗談を言う。私は重い荷物を担いで、苦労して足を運び、君の助言を思い出しながら、一番後ろを歩いてきた。これこそが私の友が私に褒めそやし、私のために願ってくれた素朴な喜びだ、と思った。なぜだか分からないが、疲労や子供達の楽し気な叫び声や、母の陽気さ、これらすべては私を苦しめている悲しみや、私を押しつぶしている意気消沈と相反していたにもかかわらず、私にとって、言い表せない魅力を持っていた……」

「僕がいつも見ているこの目を僕から遠ざけてほしい」とミュッセは一八五二年に書く。他の多くの目、おそらくははるかに官能をそそる目がずいぶん前から彼の精神を狂わせていた。ジョルジュのあれほどに黒く、あれほどに情熱的なまなざしは死の時まで彼につきまとい続けるであろう。だが、彼は空しく彼女のことを嘆きはしない。二人のどちらもが、その傷ついた心のなかに文学の豊穣な実りを刈り取ることができた。

別離の後で、アルフレッドは個人的な思い出から着想を得て、「感動に震えながら」——彼の兄の伝えるところでは——『世紀児の告白』を書き上げ、一八三六年、ボネール書店から出版する。ミュッセは本の冒頭で自分の考えを説明する。

「まだ若いのに、忌まわしい心の病に冒されていたから、三年の間に私に起きたことを語ろう。私だけが病気であるならば、何も言いはしない。だが、私だけでなく多くの人が同じ病に苦しんでいるのだから、その人達が注意を払うかどうかよく分からないが、彼らのために書こう」

ジョルジュは、自分のことをブリジット・ピエルソンとして描き出している、このほとんど変装させていない小説をむさぼるように読む。彼女は自分のビロードの小さなカスケット、決然とした若者の雰囲気を目《ま》のあたりにする。二人の主人公の出会いで、ミュッセがざっと描き上げた美化した肖像に自分の姿を認める。アルフレッドはブリジットとオクターヴの会話を考え出す。彼女はレストラン・ロワンティエでの最初の対話を思い出す。

「彼女の装いで私に強い印象を与えたのは、奇異なところはまるでなく、ただ若々しく、感じがよいということであった。彼女の会話は申し分のない教養を示していた。どんな話題でも彼女は上手に、そして自然に話した。飾り気がないと見えると同時に、深い考えを持ち、豊かであると感じられた。広範で自由な知性が素朴な心の上を、隠遁した生活の上をゆったりと飛翔していた。私達は文学や音楽、それに政治に近いことまで話した。彼女は冬はパリに行っていた。時々、世の中に触れ、そこで目にするものが主題となり、その他は推察されていた。

「だが、とりわけ彼女を目立たせている点は楽しそうなようすであった。歓喜というほどのものではないが、いつも変わることはなかった。まるで彼女は花に生まれ、楽しさという香りを放っているようだった。

「顔色の青白さと大きな黒い目については、それがどれほど強い印象を与えたか、表現することはできない。その上、時々ある種の言葉やまなざしで、彼女が苦しんできたということ、その生活が辛い試練を経たということは明らかであった」

大きな黒い目？　青白さ？　生来の楽しげなようす？　内に秘めた苦悩？　音楽や文学についてのやり取り？　どう考えようとも、この肖像に自分の姿を認めないことがどうしてできよう？

床に広げた地図に身をかがめて、ミュッセの主人公達は、アルフレッドと彼女自身がわざと明確にせずにいるイタリアへのロマンチックな旅程を想像しながら交したものと同じ会話を交す。『世紀児の告白』はジェノヴァやフィレンツェで共にした印象を再現する。二人の男女のあいだに出現するスミトという名の男はパジェッロのことではないか？　ピエトロのアパルトマンは、まるで一枚の版画がその思い出をとどめていたかのように、描写される。

「この青年が住んでいた部屋は五階にあった。部屋のなかのあらゆるものが実直で勤勉な貧しさを示していた。何冊かの本、いくつかの楽器、白木の額縁、クロスをかけたテーブルの上にきちんと置かれた書類、古びた肘掛け椅子が一つと椅子が数脚、それで全てであった。

（……）彼について言えば、朗らかで生き生きした顔つきがまず好感を抱かせた。暖炉の上に老齢の女性の肖像があるのに気がついた。夢想にふけりながら、それに近づくと、彼は母だと言った」

確かに、パジェッロの母の肖像は彼の部屋で特別な場を占めていた……

ジョルジュは読み進むにつれて、彼らの恋愛事件に対するほのめかしが次第に明確になって行くのを見て取る。若い詩人の呆然とした目に不幸の予感——サンドが故意に無視し、拒絶した予感——が明らかになった時、彼が経験した疑いのつらい時期を彼女はよりよく、いや、おそらくは初めて理解する。

「私が部屋に戻ると、ブリジットはちょうど服を脱ぐところだった。私が何度となく自分のものとしたこの魅力的な体、この美の宝庫をむさぼるように見つめた。彼女が長い髪をくしけずり、ハンカチを結び、水浴するディアナのように、横を向くのを見つめた。服が床に滑り落ちた。彼女は寝床に就いた。私は自分の寝床に急いだ。ブリジットが私を裏切っているということも、スミトが彼女に恋しているということも、私の心には浮かばなかった。二人を観察しようとも、二人が一緒にいる場に不意に出くわそうとも思わなかった。何も理解していなかったのだ。『彼女はたいそう美しい。あのかわいそうなスミトは誠実な青年だ。二人ともに大きな悲しみを抱いている、そして私も同じだ』と私は考えた。それは私に胸が張り裂ける思いをさせもしたが、同時に私の気を楽にもした」

こうした箇所や、いとも容易に自分の姿が認められるその他の逸話を読んで、ジョルジュはさめざめと泣く。一八三六年五月二十五日、友人のマリー・ダグーに打ち明ける。

「この『世紀児の告白』にすっかり感動しましたわ。じっさい、不幸だった私生活の詳細があまりに正確に、あまりに細かく、初めから最後まで、修道女から気違いじみた傲慢な女まで、語られていましたから、私は本を閉じて、涙にくれました」

彼女は自分が完全に立ち直ったと思っていた――おそらく、そうであっただろう。この時期すでに彼女は、卓越し、熱情的でもある弁護士ミシェル・ド・ブールジュに心を奪われていた。彼は、夫に対する別居および財産分離の訴訟で彼女の弁護に当たる。ミュッセの小説が発表されるわずか前に、一八三六年五月のフランツ・リストへ宛てた手紙で、彼女は奇妙なまでの屈託のなさで、もうずいぶん以前からアルフレッドのことは考えないと、彼の方も、『両世界評論』誌で百エキュ稼ぎたくなる時だけ、自分のことを思い浮かべると打ち明ける！　おそらくは作家一流の冗談であろう。だが、彼女自身、まだヴェネツィアにいた時、この恋愛事件を題材とした。アルフレッドが出発して数日後、彼女は急いで発行人に『ある旅人の手紙』第一信を送りはしなかったか？　そして発行人は、一八三四年五月十五日の

『両世界評論』誌にすばやく掲載したではないか。

あらゆる思い出を呼び覚まされた感動のなかで、彼女はまさにミュッセに話すために、彼の心を打つにふさわしい言葉を見出せぬままに、ペンに飛びつくことを抑えることができない。彼女は名状しがたい「なんだか分からないもの」のように表現するだろう。二度と再び会わないという決意を繰り返しながら、彼女は彼にもう一度思い出させる——彼女が彼をいずれにしても激しく愛したことを。すべて許したことを。そして今もなお心の奥底に彼に対する母親のような、おそらくは、ぬぐい去ることのできない愛情があることを。

しかしながら、詩人はヴェネツィアの恋愛事件から着想を汲み続ける。一八三六年、『十月の夜』を発表。穏やかな晴朗さが刻み込まれた平安な書き出しの後で、突然、恨みがほとばしる。記憶から消すことのできない裏切りから受けた傷への怒り。

私はその病からすっかり癒えているので
思い出そうとすれば　真実であったのか
疑えるほどだ

そして私の生命を危険にさらした
　その地を思い浮かべても
私の代わりに見知らぬ顔が見えるばかり
（……）
恥を知るがいい　私に裏切りを教え
恐怖と怒りで　私に理性を失わせた
最初の女よ！
恥を知るがいい、暗い目をした女よ、
不幸をもたらすお前の愛が
暗闇のなかに葬った
私の青春と美しい日々を！
うわべだけの幸福さえも　呪うことを
私に教えたのは
お前の声、お前の微笑だ

堕落へと誘うお前のまなざしだ
私に絶望を教えたのは
お前の若さとお前の魅惑だ

ジョルジュの方でも、ヴェネツィアを豪華な背景としたいくつかの小説は、思い出から着想を得ていた。一八三五年に発表した『レオーネ・レオーニ』ではダニエリ・ホテルが再度登場する。

「私達はヴェネツィアにいた。寒さと雨で広場や岸には散策する人々や仮面の人の姿はなかった。夜は暗く、静まり返っていた。遠くでアドリア海の波が小島に打ち寄せては砕ける単調な音が聞こえるばかりであった。(……)宮殿や劇場のなかでは謝肉祭《カーニバル》のさんざめく夜。戸外ではすべてが陰鬱であった。街灯が濡れた敷石に映っていた。遅れた仮面の人がマントに身を包んで急ぐ、その足音が遠くから響いてきた。

「私達は二人ともに、スキアヴォーニの岸にある昔のナーニ宮殿の一室にいた」

そして、ダニエリ・ホテルの豪華な室内装飾やフレスコ画の描写が続く。

同じく一八三五年の『マテア』では、嵐のなかのヴェネツィアが描き出される。

「天気はますます荒れ模様となった。水は、水夫達がよく知っている凶兆の色に染まり、河岸を激しく打ち、ピアッツェッタ（小広場）の白い大理石の階段につなぎ留められたゴンドラとゴンドラをぶつけ合わせ始めた。（……）共和国じゅうの鳩がおびえて飛び立ち、古い彫像の頭上に突き出した大理石の小屋根の下や、聖人達の肩の上、聖母のひざの上に避難した」

一八三八年の『モザイク職人の親方達』はサン＝マルコ大聖堂の建築と、若い小説家がマルチャーナ図書館で詳細に調べた職人達の同業組合間の対立に言及する。

「ティツィアーノとヴェロネーゼが彼らの傑作を粗描した画布は灰燼に帰するであろう、そしてズッカト兄弟のモザイク画でしか巨匠を知ることができない日が来るだろう。不変のもっとも重要な物質である石と金属がその最小の粒子に至るまで、世界でもっとも美しいヴェネツィアの色彩をとどめ続けよう、そしてその色彩の前にはブオナロッティ〔ミケランジェロのこと〕とフィレンツェ派がこぞって降参せざるを得ない」

つまるところ、ベリー地方の穏やかな風景の向こうにヴェネツィアの栄華の生彩ある光景がしばしばよみがえる。一八三七年七月十二日、彼女はイタリアの版画家ルイジ・カラマッタ*——彼の娘は後にサンドの息子と結婚することになる——に書く。

＊ カラマッタ（一八〇一－一八六九） イタリア出身の画家。アングルに学ぶ。

「私の大切なヴェネツィアから逃れることができません。（……）雑誌の次号に掲載される『モザイク職人の親方達』をどうぞ読んでください。取るに足りないものですが、ヴァレリオの性格を描写する時、あなたのことを大いに思い出しました」

一八四二年、ジョルジュ・サンドのもっとも長篇であり、もっとも推敲を重ねた小説『コンシュエロ』が発表される。この時代の偉大な歌姫ポリーヌ・ヴィアルド*の人物描写をとおして謳《うた》い上げた音楽への壮大な賛歌であると同時に、ヴェネツィアへの感動的な賛歌である。第一部の舞台は一七四二年から一七五五年にかけてのヴェネツィアであり、ジョルジュは才能と深い学識から、この時代をその芸術的豊かさをとおして再現することができた。黒い目をしたジプシーの少女コンシュエロは、ジョルジュがパジェッロのアパルトマンに共に住むようになった時、何度となく観察したミネッリ小路の貧しい界隈で育った、庶民の娘である。音楽の天分に恵まれたコンシュエロはまだ年少であったもののすでに、サンドが特に調べた、スクオーラ、つまり、十八世紀に非常に評判の高かった、孤児たちの音楽学校、メンディカンティ教会のスクオーラでもっとも優秀な歌手であることを証明していた。サンドがその作品を熟知している音楽家、マエストロ・ポルポラ**の厳しい指導を受けて、少女コンシュエロは子供の頃からヴェネツィアの街頭で歌って生計を立てていたが、ペルゴレージ***の「サルヴェ・レジナ」の先唱を低音で務め、一方で感嘆の声を上げさせ、また、他方で、嫉妬をかき立てもしていた。

* ポリーヌ・ヴィアルド（一八二一－一九一〇） スペイン出身のメッゾソプラノ歌手、作曲家。ヨーロッパ各地で大成功を収める。
** （マエストロ・）ポルポラ（一六八六－一七六八） イタリアの作曲家、声楽教師。多くの名歌手を育てた。
*** ペルゴレージ（一七一〇－一七三六） イタリアの作曲家。

ミネッリ小路の彼女の仲良しアンツォレットも浮浪児である。サンドは、かつて現地で観察することができた貧しい人々の日々の生活のさまざまな光景や、ピアッツェッタ（小広場）の近くで自由気ままな暮らしをした六か月の間にたえず書き留めた路地や家々の細部を描き出す。

「二人はいつでも、どんな天気であろうと、櫂《かい》も水先案内人もなく、覆いのない小舟でラグーナ（潟）を駆けめぐり、案内人も時計もなく、上げ潮の心配もせずに沼に浮かんでいる。街角のツタに覆われた礼拝堂の前で、時間が遅いことなど気にも留めずに歌う。朝までの寝床は昼間の炎暑でまだ生暖かい敷石で十分だった。二人はプルチネッラ劇場の前で足を止め、昼食がないことも夜食がたぶんないことも思い出さずに、マリオネットの女王、美しいコリザンデの幻想的な芝居に熱中する」

『コンシュエロ』はたちまち、思いがけないほどの大成功を収める。

一八四二年十一月、アルフレッドの兄、ポール・ド・ミュッセは一年に及ぶイタリア大旅行を企てる。旅行者の常で、彼もまた帰国後、滞在中の様々な印象や些細な出来事を詩人に語る。見たところではありきたりのこの話がアルフレッドの心を激しく打ち、その苦しみをよみがえらせる。彼のペンは筆舌に尽くしがたく、耐えがたい悲痛な感情をきっぱりと表現する一篇の長い詩を綴る。

(……)

贅を尽くした住処《すみか》! 冷え冷えとした記念建造物《モニュマン》!
骸骨を覆う黄金の屍《し》衣!

ヴェネツィアはここに眠る。
私の哀れな心はまだそこにある。
私のもとに帰らせなければならぬなら
神が導き給わんことを！

私の哀れな心を、あなたは見つけられたか
道の上に、敷石の下に
酒盃の底に？
それとも　長い歳月の太陽に
その高貴な石も黄ばんでしまった
あの壮大なナーニ宮殿に？　（……）

その心は陽気で、若々しく、大胆であった。
軽はずみにも　行き当たりばったりに

突進した。
思いのままに空気を吸い、
時には傷を誇って見せた。

その心は潔《いさぎよ》いゆえに、信じやすかったが
不幸を信ずることだけは
大罪のように　拒んでいた。
それから突然溶けてしまった
まるで深淵の上に　ぶら下がっていた
氷河のように。（……）

だが、私はここで何を語り出そうと言うのか
悲嘆にくれるために何をするというのか
愛する兄上よ、

かつて私が危うく死ぬところであった
かの地を　あなたが楽しみのために
駆け巡って帰り来られたこの時に？（……）

この作品は一八四四年、『両世界評論』誌に発表された。もう一度、フランスの文学界はその若き詩人の裏切られた愛を哀れんだ。

この時から長い歳月が流れた一八五四年、今度はジョルジュ・サンドが『わが生涯の物語』を発表する。ミュッセは、すでに病に重く冒されてはいたが、この時、アカデミー・フランセーズ副会長《シャンスリエ》の任にあった。この地位から演説することになるが、彼は演説を終わらせることができない。すでに衰弱した脳が話をふくらませ続けるからだ。それでもこの年、『短篇小説集《コント》』を発表、なかでも有名な『白つぐみの物語』はかなりの成功を収める。『わが生涯の物語』のなかで、ジョルジュ・サンドは一八三四年のヴェネツィアへの旅にまるまる一章を充てる。新事実を渇望している読者達が駆けつける。彼らはがっかりする。サンドは豊かな才能で、ヴェネツィアの多数の生彩ある光景、ゴンドラの船頭達《ゴンドリエーレ》、戸外でのプルチネッラ芝居、オーストリアの占領下での日常的な屈辱、さらに財政的困難を描き出す、だが、彼女の恋愛事件に関しては徹底して沈黙を守る。アルフレッド・ド・ミュッセの名はわずかに一度、言及されるにすぎない。

「理由はよく分からないが、多くの外国人を打ちのめすヴェネツィアの空気の影響をアルフレッド・ド・ミュッセは私よりもはるかに深刻に受けた。彼は重態に陥った、つまり、腸チフスで彼は危うく命を落とすところであった。彼について私に大きな不安を抱かせ、同じように重い病気であった私に思いがけない力を与えたのは、単に素晴らしい天分に払うべき敬意だけではなかった。それはまた、彼の性格の魅力的な面と、彼の心と想像力の間のある種の闘いがたえず詩人のこの体質に引き起こしている精神的な苦しみであった。二十四時間のうち、一時間にみたない休息を取るだけで、私は十七日間、付ききりで看病した」

彼女はいくらかの軽蔑をこめてこの旅の話を締めくくるにとどめる。

「私は絵画や記念建造物《モニュマン》を見るのにすぐに疲れた。寒さから発熱した、次いで暑さに打ちのめされた、そして晴れ渡った空に最後には嫌気がさした。だが、ヴェネツィアの片隅で私のために静寂が生まれた。もし子供達と一緒であったならば、長くそこにとどまっていたにちがいない」

このほとんど完全とも言える言及のなさはミュッセにとって、二十年前の波乱にみちた関係における苦しみの追加――最後の苦しみ――となるだろう。

この恋愛事件は最終的に幕を閉じたと思われる。ミュッセはアカデミー・フランセーズ会員に選ばれて間もなく、一八五七年五月二日、死亡。四十六歳であった。アルコール中毒で、脈拍に合わせて頭を振り、金の縫取りをした緑の礼服を無様《ぶざま》に着た哀れな詩人は、アカデミー・フランセーズへの入会式でかなりの人々に哀れみを催させた。しかしながら、冷酷な心と悪意に浸したペンを持った人間もいた。彼らは彼をからかい、嘲笑しながら「終身のよろめく人《シャンスラン》」と呼んだ。墓石がこうした残酷な嘲笑と、そして、ペール＝ラシェーズ墓地のひ弱な柳の下に彼とともに埋葬されたこの恋愛事件を永久に封印するだろうと期待された。

だが、一八五九年、ジョルジュ・サンドの小説『彼女と彼』――まず、『両世界評論』誌に連載され、次いで、アシェット書店から出版された――が大きな物議をかもし、不測の嵐を巻き起こしながら主題を再生させた。ジョルジュは本の出版のわずか数日前に事態を見抜き、三月四日、ビュロに知らせる。

「この小説に関して非難されることを覚悟しています。必要とあらば、あなたは雑誌をお守りください、私の方は反論しますから」

事実、テレーズとロランに名を変えて、ジョルジュはミュッセとの恋愛事件の一部を明らかにする。フォンテヌブローへの小旅行、幻覚、イタリアへの出発、二十日間に及ぶ「ロラン」の病気、パルメルという名の第三の人物の出現、この男がテレーズに恋し、ロランは帰途につかざるを得ない。確かに、いくつかの手直しが読者の目をそらしはする、たとえば、筋の一部はヴェネツィアよりもラ・スペーツィアで展開し、パルメルはアメリカに向けて発つ、だが、誰一人ごまかされはしない。

ミュッセ家はビュロを非難する。サンドをそそのかして、『彼女と彼』を執筆させたといって告発する。ポール・ド・ミュッセはジョルジュを直接、攻撃し、弟の「字句どおりの手紙」を発表したことを非難する。小説家は冷静さを保つ。三月二十四日のビュロへの手紙、「あなたが私に予告なさったことについて全くと言っていいほど心配しておりません。私を窮地に追い込む前に、彼らはよくよく考えることでしょう。私があなたを正当化することをお望みならば、いつでもいたしましょう。それは真実なのですから。小説中に、そっくり写した手紙もまねただけの手紙も一通としてないことをあなたは主張できますし、また、なさるべきです。ごまかされるのは、文学に精通した人々ではないと思いますわ」

彼女は、アルフレッドの手紙を利用しなかったことを証明する必要に迫られる。初めの頃は、大切にしまっておかれた彼の手紙が、実際にはかなり長期にわたる闇《やみ》取引の対象になっていた。一八五九年二月、サンドは言いがかりを予感して、その経緯を書き記すために公式の申立てを、とあるパリの代訴人に提出した。

「貴殿が知るべきであり、またその正確さが容易に証明しうる事実は以下のとおりである。（……）彼女と彼の間の別れが既成の事実であった時、双方が書き合った手紙が集められ、一緒に焼却することが取り決められた」

だが、現実はもっと複雑であった。作家は自分の書いたものから着想を得ようとして、完全に棄却することは滅多にないからである。かつてミュッセは感情的な理由を引き合いに出したではないか。つまり、これらの手紙を手放すことは「彼の魂の一部」の破壊を意味したのだ。手紙を収めた箱を第三者、この場合、二人の共通の友人であるギュスターヴ・パペに預けることを取り決めた。そこで封印した二つの箱を彼に届けることをアルフレッドが引き受けた。パペに箱を手渡しながら、アルフレッドははっきり言った。

「僕が死ぬようなことがあっても、兄には渡さないでくれ給え」

パペはこのような贈り物を前にして大いに困惑した。彼は封印した二つの箱を一つの封筒に収め、ベリー地方の彼の城館に持ち帰って金庫に入れ、その鍵を城館の堀に投げた。それから二人の主人公にこのことを知らせた。彼が二人にパリで出会った時、彼はたびたび危惧を表明した。手紙の焼却や、それぞれの書き手への返却が、『世紀児の告白』が発表されるまで、論じられた。『世紀児の告白』はジョルジュに、ミュッセが手紙の内容を忘れてはいないことを推測させた。だが、手紙はパペの金庫のなかで封印されたままであった……

アルフレッドの死の数日後、ポール・ド・ミュッセはジョルジュの許に姿を見せ、弟の手紙の返却を要求する。所有していないジョルジュはパペの館で取り戻すために、ベリー地方まで同行するよう提案する。ポールは弟の思い出に対する忠誠から、一か月後にベリーを訪れることを約束する。じっさい、死の床にあった弟が手紙を焼却することを求めたのだ。一年経っても、ポールは姿を見せなかった。この長い沈黙は何を隠しているというのか？　パペは結局、これらの手紙を決して兄に渡さないでほしいというアルフレッドの願いをジョルジュに思い出させながら、封印した箱を彼女に返す。

ジョルジュは、したがって手紙を所有した、だが慎みから、『彼女と彼』のためにそれらを利用することはなかった。すでにこの世にない人に対する義務であると彼女は考えた。彼女の個人的な思い出と小説家としての豊かな想像力で、読者を感動させることのできる恋愛物語を創作するには十分であった。

四月十日以降、どんでん返しがあった。発行部数が非常に大きい雑誌、『マガザン・ド・リブレリ』誌がポール・ド・ミュッセの『彼と彼女』の掲載を始める。確かに、ヴェネツィアから戻ってアルフレッドは兄に打明け話をした、だがポールはすべてを知ることはできなかったし、まして、心の奥底についてはなおさらである。

ビュロから少し前に知らされたジョルジュはポールに、四月二日、この掲載を断念するよう懇願した。

「ポール、あなたが作者で、パロディの題名がつき、女主人公が本題を外れたところでまで卑劣な行為をしたかどで非難される小説が近く発表されると、何人かが手紙で知らせてくれました。どうしてそんなことをなさるのです？　あなたがその対《つい》を書こうとされる小説のなかのいったいどこで作者は主人公をけなし、名誉を傷つけ、あるいは不当に非難しているでしょう？　この小説ではすべての性格が美化され、とりわけ、主人公は賛美されています。確かに不安と激しい動揺のなかにいますが、常に天分の光のなかにあり、決して泥土やほこりのなかを歩いてはいません。（……）いずれにしても、この小説の登場人物のモデルがそれと分かるのは事情に通じたごく少数の人々だけです。（洗練や快さの規則に反して）、何も明かしていない題名をパロディ化することで、あなたはモデルの名前を全読者に明かし、私を直接に、また、個人的に非難なさるのです。よくお考えください。

「あなたのお名前は清廉ですわ。憎しみと嘘の作品などでその品位をお落としになってはなりません。あなたの弟君の人生の悪いパン種を集めて、あなたがその発行責任者の役割を演じるよりも、彼の記念に何かもっと良いものをお書きになるべきですわ」

四月六日、ポールは素っ気なく返答した。

「ジョルジュ、ご託宣のようなあなたの手紙はまったく理解できないものです。わずかに、いつの日か、私に反対する作品を書こうという意図が認められただけです。この脅迫はしっかり記憶されました。さようなら、ジョルジュ。


ポール・ド・ミュッセ」


ジョルジュは深く傷つき、この手紙の端に記した。

「とんでもない！　あなたにはそうするだけの価値はない」

彼女の説得にもかかわらず、『彼と彼女』の発表は痛ましい恋愛事件を読者に明らかにするであろう。多くの新聞が、地方の新聞までもが、躍起になって小説の予告をする。たとえば、『メサジェ・デュ・ミディ』誌は、

「サンド夫人の手紙が入っているこの小説は今月十日、『マガザン・ド・リブレリ』誌に掲載される。サロンではこの掲載を待ちかねている。物議をかもして大当たりするだろう」

ジョルジュは『彼と彼女』を予告した新聞に対する抗議文書の草稿を書く。

「題名をパロディ化し、その対《つい》であると主張された小説のなかに、読者の解釈に実在の人々を指示するものは全くない。したがって、いかなる人も文学的虚構以外のものをここに見ることは許されない」

しかしながら、確かに『マガザン・ド・リブレリ』誌で掲載されたばかりでなく、シャルパンティエ書店から出版される。二人はオランプとエドゥワールと名を変え、エドゥワールが友人のピエールに打ち明け話をする。ポール・ド・ミュッセはジョルジュ・サンドに対する憎しみをかき立てる。

「そうなんだ、君、僕にとってかくまでも大切な女《ひと》の目に僕は初めて軽蔑と皮肉と横柄が浮かぶのを見た。初めて、彼女の真珠色の歯の間から毒蛇が現れ、シュウシュウという音を出しながら僕達の間に落ちた。この瞬間、彼女の傷ついた自尊心が石のように火を放ち、この突然の明かりで彼女の心のなかがはっきり見えるような気がした。僕はそこにおぞましい感情、僕がこの世でもっとも恐れている感情を見た。僕はそれを愛の憎悪と呼ぶことにしよう、つまり、愛してしまったというだけの理由で、愛した相手に対する一種の憤怒と恨み、相手にかみつき、激しい苦痛を与えたいという欲求、奴隷が主人に対して、弱者が強者に対して、忘恩の徒が恩人に対して抱くような憎悪である。この言いようのない復讐にこの上もない喜びを感じることのできる女性がいるということだ」

ナポリの宿屋でのエドゥワールとオランプの反目の場面が続く。病に打ちのめされたエドゥワールは自分の愛人が新しい恋人とはしゃぐ現場になす術《すべ》もなく立ち会う。

変名に欺かれる読者は一人としていない。生涯を通じて、誰に対してであれ、憎悪の感情を抱くことができなかったジョルジュは茫然とする。きわめて親しい友人達には手紙のなかで打ち明ける、だが、ポール・ド・ミュッセには反論しない道を選ぶ。彼女は沈黙を守る。

作家達の反応と同様、新聞、雑誌の反応を挙げようとすれば、多くのページが必要であろう。だが、すべての人がポール・ド・ミュッセの兄弟としての「誠実」に呼応したわけではない。彼の本は「文学の醜聞」、「有名人ばかりか無名の人々の私生活にかかわることとすべてに対する退廃した好奇心」を露呈する小説として告発されもする。同時に、何人かの批評家はジョルジュ・サンドの非常に優れた本を賞賛し、ポール・ド・ミュッセの卑しい反駁を故意に無視する勇気を見せた。

「『彼女と彼』は著者のもっとも優れた作品の一つに数えられよう。著者のもっとも気高い、もっとも感動的な、煩瑣ではないが繊細な心の分析にもっとも満ちた、言葉の最良の意味においてもっとも精神的な作品の一つである。テレーズ・ジャックという人物の創作には比類のない天分の刻印が押されている。情熱、力強さ、優しさ、繊細さ、思いやりの見事な混合である」(アルチュール・ルヴェ、『ル・カール・ドゥール、ガゼット・デ・ジャン・ドゥミ＝セリュ』誌、一八五九年六月五日号)。

したがって真の文学上の戦いが一八五九年春に行われ、パリで大いに話題をさらう。ポール・ド・ミュッセはこの戦いを経て人間的に成長することはない。

この年の八月二十三日、ルイーズ・コレ*——女性作家であり、アルフレッドの最後の不幸な愛人の一人であり、心のもっとも奥深くに秘めた思いを引き出すのに巧みであり、ジョルジュ・サンドの熱狂的な反対者であり、文壇におけると同様、詩人の心のなかにおいて彼女のライバルである——が、小説『彼』をまず、『メサジェ・ド・パリ』誌に九月十六日まで連載し、次いでブルディィリア出版社から出版した。四百ページ以上を費して、ルイーズ・コレはジョルジュ・サンドとポール・ド・ミュッセの本が引き起こした物議をかもしての成功を利用して、火をかき立て、ミュッセとの愛人関係を白日の下にさらし、難なく解読できる変名の下に多数の同時代人を軽い調子でやっつけるのに利用した。一部の人々は茶化して笑ったにしても――「仲たがいした彼ら」と人々は言う――批判はしばしば手厳しい。

＊ルイーズ・コレ（一八一〇―一八七六）　フランスの詩人。フロベールとも愛人関係にあり、フロベールは彼女に膨大な手紙を書いた。

すでに五十六歳になっていた「ノアンの優しい奥方」は再びこれほどの悪意を浴びせられることを予期していなかった。彼女は苦い感情と悲しみを抱いた。一八六〇年一月四日、彼女はとある友人に新年の祝福を書き送り、心のうちを語る。

「終わったばかりのこの一年、私はもう十分に中傷され、侮辱されたでしょうか？　私自身としては、悲しみはしませんでした。それどころか、周囲の友人達がこれまでにもまして愛情深く、誠実でした。とはいえ、人は悪意に苦しむものです、嘆いてもむだです。こうした理解できない、そして、存在理由を持たないように思われる、おぞましく、棘《とげ》のある何かに人間が毒されているのを目にした悲しみを忘れることはありません」

彼女が許す気持ちになるには何年かの歳月が必要であろう。

訳者あとがき

本書は昨秋、フランスで出版されたベルナデット・ショヴロン著『赤く染まるヴェネツィア——サンドとミュッセの愛』（《*Dans Venise la rouge*》, *Les amours de George Sand et Musset*, Éditions Payot & Rivages, 1999）の全文を訳出したものである。

著者のショヴロン女史はグルノーブル大学教授であり、かってサンド協会事務局長をつとめ、

『ジョルジュ・サンドと娘ソランジュ』（*George Sand et Solange, sa fille*, Christian Pirot, 1994）

『ヴァルデモーサの修道院　マヨルカのジョルジュ・サンドとショパン』（クリスチアン・アバディと共著）（*La Chartreuse de Valldemosa, George Sand et Chopin à Majorque*, Payot, 1999）

などを著わしているサンド研究者である。

自らの意志で人生を生きることを求めて、夫と別居し、男装し、たばこをくゆらせながらペンを走らせ、『アンディアナ』、『ヴァランティーヌ』でまたたく間に文壇での名声をかち得たものの、相次ぐ愛の挫折で絶望の淵にいるジョルジュ・サンド、二十九歳。

早熟の天分と輝くような美貌で、十七歳で人々を驚嘆させ、十九歳で絶賛を浴び、文学界の寵児となりながらも、心に巣食う虚無感のために皮肉屋を気取り、放蕩に明け暮れる若き詩人、アルフレッド・ド・ミュッセ、二十三歳。

並外れた感性と天分に恵まれ、十九世紀ロマン主義を代表する二人は、一八三三年、文壇の晩餐会で初めて出会い、お互いの中に多くの共通点を見出した。相手の作品に対する賞賛と文学仲間としての友情がやがて抑えきれない愛に変わり、ともに思い描いてきたイタリアに旅立った……。バイロンを筆頭にロマン主義者たちの憧憬の地であった、このオリエントの香りを漂わせるヴェネツィアで、恋人たちは束の間の歓喜と裏切りと絶望、そして心引き裂かれる別離を体験した。

情熱と理性の間を、愛の陶酔と絶望の間を、歓びと苦悩の間を激しく揺れ動いたこの恋は〈ヴェネツィアの恋〉と呼ばれ、一八三〇年代、パリの文壇や社交界で大いに口の端にのぼった。そして、恋人たち自らが各々の作品——ミュッセによる『世紀児の告白』、そして、サンドによる『彼女と彼』――に結晶させた。

それから、今日まで幾多のペンがこの恋物語を綴り、フランソワーズ・サガンは『サンドとミュッセ　愛の書簡集』（一九八五年）に序文を寄せた。


本書の著者は、このあまりにも有名な〈ヴェネツィアの恋人たち〉の愛の真実を、二人が交した手紙を中心に、サンドの日記、紀行文（『ある旅人の手紙』）、自伝（『わが生涯の物語』）等、また、ミュッセの詩作品の数々のテキストから、二人の心のひだの一つ一つに光を照射して、浮かび上がらせた。

「後世は僕たちの名をもはや切り離すことのできない不滅の恋人たちの名として繰り返すだろう、ロミオとジュリエットのように、エロイーズとアベラールのように。一方のことが語られれば、必ずもう一人のことが語られるだろう」（F・デコリ編『ジョルジュ・サンド―アルフレッド・ド・ミュッセ書簡集』一三六頁、一九〇四年）とミュッセはサンドに書き送ったが、この〈ヴェネツィアの恋〉は十九世紀のもっとも有名な――少々、神話化された――恋愛事件となった。

著者は、当時の資料を丹念に渉猟し、細心の歴史的考証で、ロマン主義にわき立つパリ、オーストリア支配下にあったヴェネツィア、さらには彼らが旅の途次、目にした人々の生活を見事に再現し、その中に彼らの愛と別離を織り込んだ。

本書を訳出する機会を与えていただいた、藤原書店社主藤原良雄氏に深い感謝の気持ちを表したい。

また、終始、きわめて適切なご助言をくださった藤原書店の清藤洋氏に心よりお礼を申し上げたい。

二〇〇〇年三月

持田明子

訳者紹介

持田明子（もちだ・あきこ）

1969年　東京大学大学院博士課程中退（フランス文学専攻）

1966-68年　フランス政府給費留学生として渡仏

現　在　九州産業大学国際文化学部教授

著　書　『フランス文学を学ぶ人のために』（共著，世界思想社），『ジョルジュ・サンドからの手紙』（編，藤原書店）

訳　書　マリー・ルイーズ・ボンシルヴァン＝フォンタナ『ジョルジュ・サンド』（リブロポート），ドミニク・デザンティ『新しい女』，アンヌ・ヴァンサン＝ビュフォー『涙の歴史』，『往復書簡　サンド＝フロベール』（以上，藤原書店），マリー・ラフォレ『マリー・ラフォレの神話と伝説』（白水社），オデット・ジョワイユー『写真の発明者　ニエプスとその時代』（パピルス），他

赤く染まるヴェネツィア――サンドとミュッセの愛

2000年４月25日　初版第１刷発行©

訳　者　持　田　明　子

発行者　藤　原　良　雄

発行所　株式会社　藤　原　書　店

〒162-0041　東京都新宿区早稲田鶴巻町523

TEL　03（5272）0301

FAX　03（5272）0450

振替　00160-4-17013

印刷・製本　中央精版

落丁本・乱丁本はお取替えいたします

定価はカバーに表示してあります

Printed in Japan

ISBN4-89434-175-1

サンドとショパン、愛の生活記

マヨルカの冬

G・サンド
J-B・ローラン画　小坂裕子訳

パリの社交界を逃れ、作曲家ショパンとともに訪れたスペイン・マヨルカ島三か月余の生活記。自然を礼賛し、文明の意義を見つめ、女の生き方を問い直すサンドの流麗な文体を、ローランの美しいリトグラフ多数で飾った読者待望の作品、遂に完訳。本邦初訳。

A５変上製　二七二頁　三二〇〇円
（一九九七年二月刊）
◇4-89434-061-5

UN HIVER À MAJORQUE　George SAND

書簡で綴るサンド―ショパンの真実

ジョルジュ・サンドからの手紙

（スペイン・マヨルカ島、ショパンとの旅と生活）

G・サンド　持田明子編＝構成

一九九五年、フランスで二万通余りを収めた『サンド書簡集』が完結。これを機にサンド・ルネサンスの気運が高まっている。本書はこの新資料を駆使して、ショパンと過した数か月の生活と時代背景を世界に先駆け浮彫る。

A５上製　二六四頁　二九〇〇円
（一九九六年三月刊）
◇4-89434-035-6

文学史上最も美しい往復書簡

往復書簡　サンド＝フロベール

持田明子編訳

晩年に至って創作の筆益々盛んなサンド、『感情教育』執筆から『ブヴァールとペキュシェ』構想の時期のフロベール。二人の書簡は、各々の生活と作品創造の秘密を垣間見させるとともに、時代の政治的社会的状況や、思想・芸術の動向をありありと映し出す。

A５上製　四〇〇頁　四八〇〇円
（一九九八年三月刊）
◇4-89434-096-8

一九世紀パリ文化界群像

新しい女

（一九世紀パリ文化界の女王マリー・ダグー伯爵夫人）

D・デザンティ　持田明子訳

リストの愛人でありヴァーグナーの義母。パリ社交界の輝ける星、ダニエル・ステルンの目を通して、百花繚乱咲き誇るパリの文化界を鮮やかに浮彫る。約五百人（ユゴー、バルザック、ミシュレ、ハイネ、プルードン、他多数）の群像を活写する。

四六上製　四一六頁　三六八九円
（一九九一年七月刊）
◇4-938661-31-4

DANIEL　Dominique DESANTI

ナポレオンが最も恐れた男

タレラン伝 上・下

J・オリユー
宮澤泰訳

ナポレオンに最も恐れられ、「近代ヨーロッパの誕生」を演出したタレランの破天荒な一生を初めて明かした大作。シュテファン・ツヴァイクの『ジョゼフ・フーシェ』と双璧をなす、最高の伝記作家＝歴史家によるフランスの大ベストセラー、ついに完訳。

四六上製　上七二八頁、下七二〇頁
各六八〇〇円（一九九八年六月刊）
上◇4-89434-104-2下◇4-89434-105-0

TALLEYRAND OU LE SPHINX INCOMPRIS
Jean ORIEUX

写真誕生前の日常百景

タブロー・ド・パリ

画・マルレ／文・ソヴィニー
鹿島茂訳＝解題

国立図書館に一五〇年間眠っていた石版画を、一九世紀史の泰斗が発掘出版。人物・風景・建物ともに微細に描きだした、第一級資料。

厚手中性紙・布表紙箔押・函入
B4上製　一八四頁　**一一六五〇円**
（一九九三年二月刊）◇4-938661-65-9

TABLEAUX DE PARIS
Jean-Henri MARLET

初の本格的研究

ガブリエル・フォーレと詩人たち

金原礼子

フランス歌曲の代表的作曲家・フォーレの歌曲と詩人たちをめぐる初の本格的研究。声楽と文学双方の専門家である著者にして初めて成った、類い稀な手法によるフォーレ・ファン座右の書。年表・作品年代表収録。口絵一六頁。

A5上製貼函装　四三二頁　**八五四四円**
（一九九三年二月刊）◇4-938661-66-7

感性の歴史学の新領野

涙の歴史

A・ヴァンサン＝ビュフォー
持田明子訳

ミシュレ、コルバンに続き感性の歴史学に挑む気鋭の著者が、厖大なテクストを渉猟し、流転する涙のレトリックと、そのコミュニケーションの論理を活写する。近代的感性の誕生を、こころとからだの間としての涙の歴史から描く、コルバン、ペロー絶賛の書。

四六上製　四三二頁　**四二七二円**
（一九九四年七月刊）◇4-938661-96-9

HISTOIRE DES LARMES
Anne VINCENT-BUFFAULT

1989年11月創立 1990年4月創刊

一九九五年二月二七日第三種郵便物認可　二〇〇〇年四月一五日発行（毎月一回一五日発行）

月刊
機
2000
4
No. 103

発行所　株式会社 藤原書店©
〒一六二―〇〇四一　東京都新宿区早稲田鶴巻町五二三
電話　〇三・五二七二・〇三〇一（代）
FAX　〇三・五二七二・〇四五〇
◎本冊子表示の価格は消費税別の価格です。

編集兼発行人
藤原良雄
頒価 100円

追悼・宮田 登

▲宮田登（1936-2000）

民俗学の分野で新しい領野を開拓し、つねに歴史学との共同作業を試みてこられた宮田登氏がこの二月十日、肝不全のために忽然とこの世から姿を消された。昨秋、民俗学会五十周年の記念に、小社と縁の深いフランスの歴史家アラン・コルバン氏を招かれたのも宮田氏の強い意向だった。コルバン、宮田両氏の手になる日仏共同編集の新しい雑誌は遂に実らなかった。

氏と生前、ご縁のあった方々から心熱き追悼のメッセージを寄せて戴いた。読者と共に、ご執筆戴いた方々に感謝を申し上げげたい。　**編集部**

● 四月号 目次 ●

追悼・宮田 登
鶴見和子／櫻井徳太郎／網野善彦／山口昌男／安丸良夫／荒木美智雄／赤坂憲雄／橘川俊忠　1
陳水扁と民進党　丸山 勝　10
十九世紀で最も有名な恋愛事件　持田明子　12
ブローデル総点検　浜名優美　14
リレー連載・バルザックがおもしろい　17
地上げの顛末　阿部良雄　16

学芸総合誌・季刊『環』今月発刊！
発刊の辞　18
刊行に寄せて　I・ウォーラーステイン／P・ブルデュー／A・コルバン　19
創刊号目次　20

リレー連載・編集とは何か　4
マクルーハンのメディア論　粕谷一希　22
リレー連載・いのちの叫び　21
弱くあることの方へ　立岩真也　25

東京国際ブックフェア広告 21／連載・帰林閑話 70（一海知義） 23／連載・GATI 8（久田博幸） 24／3月刊案内 26／5月刊案内 27／読者の声・書評日誌 28／連載・古本屋風情❹ 30／刊行案内・書店様へ 31／次号予告・出版随想 32

これからという時に

鶴見和子

宮田登さんが六十三歳の若さで亡くなられたのは、衝撃だった。いただいてまだ読んでいなかった『日本人と宗教』（岩波書店、一九九九年一月刊）を読みながらわたしは涙をこぼした。これを読みながら喪失感がしだいに大きくふくらむのを覚えたからである。

『日本人と宗教』は『ミロク信仰の研究』をはじめとするそれ以前の宮田さんご自身の研究にもとづき、さらに、柳田国男、南方熊楠、折口信夫らの日本民俗学の業績をうけついで、自前の方法論を打ち出す。「シラ」（再生）と「トキ」（時と間）を日本民衆の基層信仰を探る鍵ことばとして豊富な事例によって説きあかす。それを十二支の辰の年と巳の年に循環して起ると信じられてきた「世直り」と「世直し」の通念とむすびつけて論じている。これは日本民衆の精神史であると同時に、内発的な社会変動論でもあることにわたしは深い感銘をうけた。

それだけではない。昨年の日本民俗学会の年次大会に、アラン・コルバンを招いて基調講演がなされたことをきいている。そして、これから、アナール派と日本民俗学会との交流を深め、歴史学と民俗学との連繫をひろめるためのさまざまな企画が具体的に進められているときき及んでいた。その矢先の、突然の訃報だったのである。

人文・社会科学の分野で、日本から内発的な理論ないしは方法論を打ち出してゆくもっとも有望な学問領域の一つは、民俗学だとわたしは考えている。そのためには海外のそれと対応する学問との深いつながりがなければ地球的規模で通用しない。地球的規模で通用する内発的な比較社会変動論の構築への未完の宝ものを遺して、宮田さんは忽焉としてもう一つの宇宙へいってしまわれた。この宝ものを掘りおこし、磨きあげてゆくのは、これからの世代に託された仕事であろう。

さしあたって、『日本人と宗教』を柳田国男の『明治大正史世相篇』と比較してみると、内発的な社会変動論としてのつながりと深まりが感じられる。

（つるみ・かずこ／社会学）

奥ぶかいぬくもりの民俗学

櫻井徳太郎

親子にちかい齢の差がありながら、師弟の枠をこえて半世紀ものあいだ肌のつきあいをさせてもらった宮田君の急逝は、いまもって現実とは思えない。子に先立たれた親の痛哭とは、このような心境をさすのであろうか。

私が彼にめぐりあったのは、彼が東京教育大学文学部日本史学科に入学した五〇年代の後半であったから、日米新安保条約締結の前夜にあたり世情騒然とした頃であったと思う。歴史の学界も学園ももっとも揺れ動いた時勢で、多感な学生がその影響をうけないはずはない。そのなかにあってどういう考えから民俗学を選択し、それを生涯の生き方と定めたのか。開きなおって質したことはなかったけれど、彼の学問思考の原点を知るためには欠くことのできないところである。

彼が学部時代の私といえば、学生にとってはもっとも不親切な教師の典型であった。まさに消え去らんとする寸前の民俗を突きとめる作業に執心するのあまり、学生の指導や教育に費やす時間や精力を惜しみ、寸暇を求めて僻遠の地を遍歴していた。ひとつには、土着の暮らしや伝承文化に研究の基盤をおく民俗学は、徹頭徹尾、地のなかから生まれ育てられるものであってそれ以外の何ものでもない。教室とか研究室で口から頭へ教えこむ筋合のものではないという信念があったからであろうか。フィールドで実践する姿勢のなかから盗みとる意気ごみに期待していたわけである。この身勝手な無茶ともいえる行き方に黙々とついてきたのが宮田君であった。都会育ちの浜っ子にあれほどの辛抱づよさがあるとは驚嘆の至りであった。

彼とのもっとも緊密な交流が始まったのは大学院時代で、学部で身につけた方法論を駆使して、綿密な地域調査に専念しながら木曽御嶽講の神髄に迫っていた。その修士論文を発展させて、山麓に展開する共同体の民俗信仰と、外来の行者によって創唱される祈禱宗教との、二重構造を解明した。そして、そこから至福のミロク世を渇望する民衆の宗教観が、その基層を流れていることを突きとめた。助手時代に探究したこのミロク信仰の学位論文は、高い評価をうけ日本宗教学会賞を授けられる記念すべき名著となった。

宮田君の学風は間口が広く奥行が深く、包容力に富んでいる。相手にぶつかって論争を挑み、説伏してやりこめるという手法をとらない。十分に消化したのち自説のなかに吸収してしまう。そのスタンスはまことに広い。またバランス感覚は誰も真似のできない絶妙さを誇っている。それがスケールの大きい宮田学を特色づけている。しかも彼の仕事には人としてのぬくもりを感じさせるものがある。その「偉大なる未完成」の死は無念この上もない。いまとなっては、ただ冥福を祈るのみ。

（さくらい・とくたろう／民俗学）

学問結びつけるくさびを失う

網野善彦

宮田氏は最近まで大変お元気だった。昨秋、神奈川大学で開かれた日本民俗学会にフランスからアラン・コルバン氏を招待し、盛大な大会を成功させたさいも、宮田氏はいつも通り活発に周囲と対応されていた。大晦日に電話をいただき一時間近くお話ししたときも、来年はまた検査入院といっておられたが、ふだん通りのお声だったのである。病魔は急速に宮田氏を襲い、あっという間にその生命を奪い去ったように見える。

この不幸が学問の世界にもたらした空洞は文字どおり巨大といわざるをえない。民俗学はもとより、宮田氏の学問は広く人類学、経済学、歴史学などに及び、またその活動は日本だけでなく、中国・韓国などのアジアから、ヨーロッパ諸国、アメリカ大陸と、世界にも深く関わっていた。また最近、大きな転換期にさしかかりつつある社会そのものが、さまざまな分野の学問の緊密な協力を要求するようになっているが、宮田氏は日本でも世界でも、多様な学問を結びつける楔となりつづけてきた。それは民間信仰、都市民俗から女性、子供、老人、さらに妖怪にまで及ぶ多面的で広い視野を持つ宮田氏でなくては果たしえない、きわめて個性的な役割であった。

私は宮田氏とたびたび対談などをする機会に恵まれたが、どんなテーマにも見事に対応する会話の誘導ぶりや話題の驚くべき豊富さに、底の知れない知識と、「天才的」といっても過言でない豊かな才能を感じ、いつも感嘆するばかりだった。そしてどんなときでも温かく穏やかで人の心を安心させるとともに、ときに眼鏡ごしにいたずらそうな眼で軽妙な冗談をいって周囲をなごませる人柄は、大学・学会でも、出版界でも、宮田氏をなくてはならない重要な存在に押し上げていった。そうした想像を絶する大量な仕事が重い負担となり、宮田氏の身体を次第にむしばみ、このような悲しい事態をもたらすことになったのであろう。

しかし宮田氏は、学問を、また学界を本当に愛し、心からその発展を願い、後進たちの成長のためには労力をおしまれなかった。苛酷な負担をいやな顔一つせず負いつづけてこられたのは、そうした学問への深い思いに支えられていたからであろう。このかけがえのない貴重な人を失った結果の重大さを、これからわれわれはますます強く感じることになろう。しかしそれを宮田氏からの励ましにかえ、空白を埋めるため努力を重ねなくてはなるまい。われわれが宮田氏の遺志に沿う道はそれしかない。

（あみの・よしひこ／歴史学）

＊朝日新聞（2／14）掲載のものを若干修正した。

喪失感の大きさ

山口昌男

宮田登氏を失った事を知ったとき、柳田国男民俗学の後継人とみなされていた坪井洋文氏が逝去した時と同じような衝撃を受けた。

宮田登氏とは、はじめから、何となく信頼し合える弟と兄のような気分でつきあいはじめたような気がする。『ミロク信仰の研究』をはじめて読んだときは、教育大派の文献史学の伝統をふまえ、民間信仰史の先を見据えたすばらしい研究であると思った。この仕事は、直ちに氏が坪井洋文氏の次の世代を代表する民俗学の新しい担い手であることを示して余りあった。

氏の仕事は多岐にわたっていた。言い方に語弊があるかもしれないが、国立歴史民俗博物館の併任教授と筑波大学歴史民俗学部教授として、柳田が在野にとどめる傾向のあった民俗学を国立大学研究機関に定着させ、アメリカから来る若い研究者の面倒をよく見て、日本の民俗学が国際的に評価されるきっかけを作り、国際シンポジウムに小松和彦氏と共に参加して、国際的な場面での民俗学と人類学の対話を促進させる役割なども演じられていた。温厚で、いつもにこにこして、黒子として働くことを辞せず、あらゆる公的、個人的場面で我々はどれだけ氏にお世話になったかは計り知れない。民俗学者にしては珍しく英語をよくし、民俗学者としては上手いねとからかい気味に誉めたところ「これでも開成高校では英語が出来る方だったんですよ」と、てれながら応じていた事を想い出す。

氏の仕事の中で、後半生においては都市民俗学の方面の業績が目だっていた。その中でも「稲荷論」は特に深い印象を抱いて読んだ。江戸＝東京ではお稲荷さんは坂の段差のあるところに見出され、段差においては意識の空白の部分が感じられ、ミサキが出現すると論じられていた。宮田氏が江戸を論じるときは、それがそのまま現代都市空間の象徴的側面を言いあてていた。

何かの研究会では「江戸の七不思議」を論じ、狸囃子を取り上げ、民話の中の周縁空間の問題性を言い当てていた。またある時は「番町皿屋敷」を論じ、怪異現象の出現と池袋の女のイメージの介入を鮮やかに論じられていた。特に沼袋をはじめとする江戸近郊の袋のつく地名へ注意を喚起していたのは印象深い指摘であった。

一年半前に入院中の病院からお便りをいただいて、色々と細かい配慮をいただいていたのではあるが、今回の容態急変による逝去には青天の霹靂と言うほかはなく、今後も水先案内として大いに御指導を仰ぎつづけようと思っていた仲間の一人として、どのようにして、この喪失感の大きさを表現してよいのかわからない。ただただ天を仰いで嘆息しているだけである。

（やまぐち・まさお／文化人類学）

宮田民俗学の立場性

安丸良夫

おそらく一九六四年のことと思うが、私は歴史学研究会の大会会場の入口近くで販売されていた『史潮』に「富士信仰とミロク——歴史学と民俗学の接点における一試論」と題する論文を見つけ、宮田さんの名前をはじめて知った。私は学生時代に研究室の先輩にあたる故高取正男氏から、民俗学の成果を参照することが歴史研究にとって重要な意味をもつことを教えられており、柳田国男の著作などをほんのすこし読んでいた。しかし、その後の私の民俗学への関心は主として宮田さんを介してのもので、人類学への興味も宮田さんに触発されたところがあったと思う。年齢は私の方がほんのすこし年長だが、一方的に恩恵を受けるだけの関係が長年にわたって続いてきたことになる。

宮田さんの学問世界は、私にはその全貌のつかみにくい宏壮かつ複雑なものだが、しかしそれを一言でいってみれば、日本の民衆の精神世界の全体性の探求ということだろう。宮田さんは東京教育大学の日本史研究室で研究者としての生涯をはじめたが、そのころの日本史研究はマルクス主義の圧倒的な影響下にあった。そうした状況のもとでの宮田さんの立場は、かなり窮屈で困難なものではなかったかと思うが、宮田さんはこうした状況への強い緊張感と対抗意識をもって研究生活をはじめたらしい。民衆の日常的な心意の世界の方が社会経済史研究や階級闘争史観よりもはるかにリアリティをもって捉えうるものなのであり、政治や権力についての諸問題も、民衆生活の日常態を媒介にして捉えなければならないはずのものだ。宮田さんは、マルクス派の学友たちとの論争に辟易しながら、それゆえにかえってそうした信念を確固としたものにしていったにちがいない。

宮田さんは座談の名手で、どんな問題にもすぐに即応できる広い知識をもっていたが、こうした宮田さんの資質と能力は、右のような状況のなかで鍛えられていったものごとをリアルに見る眼なのであろう。宮田さんの学問世界は、きわめて複雑に構成された曼荼羅のようなもので、個別の状況のなかでは私たちは、この曼荼羅世界の個々の図像のある側面に向きあっているだけなのであろう。しかし、曼荼羅のなかの個々の図像は、相互にかかわりあってひとつのコスモロジー的全体性をつくりだしているのだから、私たちはそうした複雑なコスモロジーの全体性を見るように求められているといえよう。融通無碍に見えて、宮田さんの学問世界は、強靭な立場性と原理性に貫かれたものであり、大まかにでもその全体を継承することは、誰にも不可能だと痛恨せざるをえない。

（やすまる・よしお／歴史学）

宮田教授の死と、二十一世紀の学問的課題

荒木美智雄

いつも忙しく学問に取り組んでこられた宮田先生は、別れの言葉をかわす暇もなく、急いで逝かれてしまった。

昨年九月、宗教学会のシンポジウムや、ご自身の民俗学の国際会議の忙しいスケジュールの中に、筑波大学地域研究科で行われた国際会議『環太平洋を中心とする都市空間の宗教的意味について』で「地震ナマズ」を用いて、日本の都市空間の意味についての素晴らしい発表をされた。元気そのもので、内容は充実していた。「鯰絵」のスライドを用いながら、江戸の民衆の中で生きたナマズがその両義性と全体性においてダイナミックに語り出された。ナマズは、民衆にとっては、都市空間を支える神であっただけではなく、苦しいときには古い都市空間を支える神であっただけではなく、苦しいときには古い都市の構造を転覆して新しい世をもたらす救世主でもある。しかしまた、昼は歴史を動かす力を持っている政治家としてのナマズが夜になると遊女に支配される、たわい無い男ともなり、幕末には、海外からやってくる恐ろしい異人にもなった。現代の民衆には、それは、海の彼方からやってくるゴジラとして観念されてもいる。先生の発表は、日本の民俗宗教の破壊力と創造性を豊かに説明し、都市空間の人間的意味をその深さと広がりにおいて解明しており、海外からきた多くの学者を魅了した。

それは、以前、シカゴ大学の教室やビアホールで宮田先生がアメリカ人学生たちの問いに答えて語った、まさに、あの、いきいきとした魅力ある語り口であった。豊饒な日本のフォークロア（民俗宗教）の歴史的経験や事実を重厚にいきいきと語る先生の学問の視点は、いつも日本の宗教文化の基層とともにあり、一貫した、しかもダイナミックなパースペクティブである。宗教学からすれば、すべてがそこから始まるアルケーの現象を扱っているのであり、日本の文化や、社会や宗教を考える時、常に避けることのできない、極めて重要な学問でありその領域である。

フォークロアは、私の立場からすれば、都市の歴史とともに本格的に始まるのであり、先生の研究に対して大きな期待を抱いてきた。しかし、生真面目に「とき」を生きられた先生は、非人間的な現代の、都市文明の時間の「犠牲」になって逝ってしまわれた。さらに急激な変化と危機が予想される二十一世紀を前にして、私は、日本のフォークロアの最大の語り部の、この決別の時のあまりに早い到来を悲しむ。

（あらき・みちお／宗教学）

途方に暮れて

赤坂憲雄

まったく唐突に、宮田さんの訃報はやって来た。わたしは沖縄に滞在していた。思いがけぬ知らせにうろたえ、言葉を失った。ただ、あってはいけないことが起こったのだと、それればかりを痛いほどに感じた。やがて、やり場のない怒りが突き上げてきた。どこか獰猛な怒りだった。まさか、冗談じゃない、冗談じゃないぞ、そう幾度となく呟いた。

夜遅く、ホテルに戻ると、東京からいくつも連絡が入っていた。新聞社からは追悼文の依頼があった。断わるべき事柄ではないと承知しながら、結局は断わらざるをえなかった。混乱のきわみにある頭を抱えて、しかも、旅先にあり、資料を何ひとつ持たぬ状態で、よりによって追悼文を書くなど、不可能なことだった。

自分が適任でないことは、わたし自身が一番よく知っていた。それ以上に、自分がほかならぬ宮田さんの追悼文を書くという光景に、我慢がならなかった。追悼という言葉それ自体が、苛立ちを誘った。わたしは宮田さんの弟子ではない、個人的な深い付き合いがあったわけでもない。むしろ、これから教えを乞い、さまざまに支えていただくことになるはずだった。それをひそかに願っていた。その矢先の訃報だった。

昨年の四月、東北文化研究センターの創立記念シンポジウムに、宮田さんをパネラーとしてお招きした。その記録は『東北学』の創刊号に掲載されている。宮田さん、網野善彦さん、そして山折哲雄さんをパネラーとする、何とも贅沢なシンポジウムであった。この三人の揃い踏みは、わたしの知る限り、これまで一度もない。まさに初めての、心躍る語りの宴であった。最初で最後になるかもしれない、という予感は確実にあった。それがこんな残酷な形で現実になるとは、むろん夢にも思わなかった。

秋には、日本民俗学会の大会が神奈川大学で行なわれた。宮田さんの元気なお姿も見られた。わたしが宮田さんの推薦をいただいて、民俗学会に入ったのは、一昨年の秋のことである。その宮田さんが、学会の片隅に新参者のわたしを置き去りにして、いかにも飄々と、あの世へと旅立たれてしまった。わたしは導きの人を失った。民俗学に連なる人々は、はるかに深く、茫然自失の状態にちがいない。このあまりに大きすぎる喪失を抱えて、落日の民俗学はいったい、どこに向かうのか。わたしはただ、途方に暮れている。

（あかさか・のりお／民俗学）

挑発する人

橘川俊忠

宮田さんが逝ってひと月以上も過ぎた。葬儀の慌ただしさも過ぎて、ようやく宮田さんを失ってしまったことの大きさを客観的に考えられるようになってきた。それほど、宮田さんの死は突然であり、事実として受け入れ難いものであった。

いまこうして、少し落ち着いて宮田さんのことを考えてみると、冗談を言っては人を笑わせ、その場の雰囲気を明るくしようと努める温厚で、人徳を備えた人という宮田さんのイメージとは別の姿が思い出されてくる。それは、意外に挑発的な宮田さんの姿である。

昨年、神奈川大学で開かれた日本民俗学会の五十周年記念第五十一回年会でのことであった。当番校の実行委員長として宮田さんは、フランスの歴史学者アラン・コルバンに記念講演を依頼した。コルバンは、「感性の歴史」を標榜する社会史の大家であり、歴史学と人類学・民俗学を貫通する広い視野を持つ歴史家である。そのコルバンを民俗学会の記念大会のメインゲストとして招聘したのである。

日本の民俗学と歴史学の確執の根深さは、民俗学の誕生以来、現在に至るまで大問題であり続けている。そんなことは、宮田さんを持ち出すまでもなく当然の常識である。にもかかわらず、宮田さんは敢えてコルバンをメインゲストとして招聘した。歴史学と人類学・民俗学の境界を全く意識しないコルバンをである。これを挑発と呼ばずしてなんと呼ぶべきであろうか。

コルバンの講演は、自らの学問の形成史をフランスの社会史・歴史人類学の学説史の中で明らかにするという内容であった。そのためか聴衆の反応は正直なところ「いまいち」というところであった。大会が終了した当日、宮田さんは「橘川さん、あれでよかったかなあ」と訊ねてきた。私は「よかったんじゃないですか。少なくとも僕は面白かったですよ」と答えた。すると宮田さんは「そうか。一人でも面白がってくれる人がいたらそれでいいんだ」と、真顔で言い放った。その時、宮田さんも孤独なんだなという思いがふっと脳裏をよぎったのを覚えている。

それにしても、挑発する人を失うことは学問にとってこれほどの損失はない。挑発されることによってのみ学問は前進できるからである。宮田さんの死は、その意味でボディーブローのように効いてくるような気がしてならない。挑発に応えられていない自分のもどかしさを噛み締めながら、そう思う。

（きっかわ・としただ／日本常民文化研究所長）

総統選に勝利した陳水扁を中心に、知られざる台湾・民主化の歴史を描く！

陳水扁と民進党

――『陳水扁の時代』刊行に寄せて――

丸山　勝

日本では知られてこなかった人物

日本で最もよく知られた台湾人なら、やはり李登輝である。石原慎太郎東京都知事のように、彼を尊敬してやまない人も少なくないし、伝記類もいくつか出版されている。李登輝は、自分が決めた民主化の手続きに従って、二〇〇〇年五月二十日で総統職を退く。

彼の後任として最近当選した陳水扁は、日本ではほとんど無名に近かった。地元では数年前からすでに人気者であるのに、日本ではごく最近まで、「知る人ぞ知る」程度であった。陳水扁はどのような人物なのか、彼が所属する民主進歩党（民進党）はいかなる政党か、この党は台湾の民主化にどのような貢献をしてきたのかとなると、中国関係の専門家でさえ、詳しい人は多くないであろう。

この本は、そのようなところへの関心の薄さを補うつもりで書いた。一読していただければわかる通り、いわゆる専門書ではなく、最近台湾で起きたことの時事解説的意図をも込めて、最初から通俗的であることを目指した一般概説書である。新聞社の記者だった著者には、学術的に周到を期すことなどは、仮にしようと思ってもできはしないし、台湾と陳水扁に対する日本での関心の度合いと、民進党に対する興味の新しさからすれば、むしろジャーナリスティックな記述の方が向いているのではないか、と考えたわけである。

幸いにしてと言うべきか、不幸にしてと言うべきか、民進党に関する本は日本ではまだきわめて少ない。日本語でものを書く意欲がかなり旺盛な在日台湾人でさえ、この方面にはあまり踏み込んでいない。この本は、おそらく足りないところ、手が届かなかったところばかりであろうから、専門家や台湾人著作家に、どんどん補っていっていただきたいと思っている。民進党という政党も陳水扁という人物も、日本でもっと知られてしかるべきだと考えるからである。

日本の学界では、台湾に関する研究が最近かなり増えているようであり、すぐれた業績を上げている学者、研究者もいることは、著者も承知している。しかし、こと台湾の動静となると、反中国的感情の強い保守派人士だけの独占的関心事である感が、まだまだ強い。そのような傾向が早く修正されてほしいということも、著者の正直な気持ちであり、著作の一つの意図でもある。

民主化の歴史を現地で調査・観察

著者が陳水扁の面識を得たのは、彼が一九九五年に大阪で開かれたシンポジウムに招かれて来た時のことである。このシンポジウムを組織した新聞社の社員として、彼の一行のアテンドのようなことをしたのが端緒であった。彼はその前年に台北の市長に当選したばかりで、台湾ではすでに人気が出始めていた。野党の若きホープ、仕事がよくできる意欲満々の人物と聞いていたが、実際に会ってみると、評判から想像す

陳水扁（1951-　）

るようなぎらぎらしたところはほとんどなく、むしろはにかみやのようにも見え、意外な感じを持ったことを覚えている。

その後三年ほどして、著者がある種の気まぐれから、台北でしばらく生活しながら台湾観察をしてみたいと思い立ったのがきっかけで、再び彼と接触する機会ができた。台北市長再選の選挙を控えていた陳水扁はなかなか親切で、台北の郊外にある民間の研究機関に所属するのはどうかとアドバイスしてくれただけでなく、紹介の手紙まで書いてくれた。

日本人が台湾に積極的な関心を持つことを、台湾人は意外なほどに喜んでくれる。それから一年半ほどの間、親切な人たちに囲まれて、自由でのんびりした台湾観察ができた。台湾について、どこかに特定の焦点を決めて本を書いてみたいというのは、最初からの狙いであった。滞在の期間が一年少々と限られていたことと、日本側からの関心の薄い部分、ことに民主化が進んできたプロセスについての理解の不足を埋めたいという願望とを考え合わせ、このような内容の本にしたわけである。

陳水扁という人物に的を絞ったような形になったが、これはたまたま彼が二〇〇〇年の総統選に勝ってしまったからであった。実際のところ、投票日から四か月ほど前までは、彼が確実に当選するような客観情勢ではなかった。小さい島の民主化運動のことなどを書いて、果たして日本でどのくらい関心を持ってくれるか、心許ない思いであった。結果的にいいタイミングになったのは、幸運としか言いようがない。

（まるやま・まさる／元・読売新聞中国特派員、台湾・国策研究院客員研究員）

G・Wより東京発全国展開する話題の映画「年下のひと」の原案！

十九世紀で最も有名な恋愛事件

持田明子

「ヴェネツィアの恋人たち」
――サンドとミュッセ

昨年九月フランスで、話題の大作「世紀児」（監督ディアーヌ・キュリス　邦題「年下のひと」）が公開された。「ヴェネツィアの恋」と呼ばれ、一八三〇年代、パリの文壇や社交界で大いに喧伝され、また、幾多のペンで今日まで繰り返し語られてきた、十九世紀で最も有名な恋愛事件の映画化である。

自らの意志で人生を生きることを求めて夫と別居し、男装し、たばこをくゆらせながらペンを走らせ、またたく間に文壇での名声をかち得たものの、愛の対象を見出せずにいるジョルジュ・サンド、二十九歳。

早熟の天分と輝くような美貌で文学界の寵児となりながらも、心に巣食う虚無感のために放蕩に明け暮れる若き詩人、アルフレッド・ド・ミュッセ、二十三歳。

「虚無となった世界にわれわれは生まれた。戦争は終わり、栄光も理想も消え失せた。絶望がわれわれの唯一の信仰となり、侮蔑が情熱のすべてとなった。女たちは許嫁のように白い服を、世紀児のわれわれは孤児のように黒い服を身にまとい、空虚な心で冒瀆の言葉を吐き、女たちを見つめていた。私は利己主義者の外套にくるまり、荒涼とした日々を過ごしていた……突然、あの女《ひと》に出会うまでは。」

という、ミュッセの『世紀児の告白』からの言葉が映画の冒頭で朗読される。

比類のない才能に恵まれた二人は、ロマン主義がその頂点にあった一八三三年、文壇の晩餐会で初めて出会い、お互いの中に多くの共通点を見出す。相手の作品への賛美の念と友情がやがて激しい恋に変わる。憧れの地イタリアへの旅立ち、異国での二人の相次ぐ病気、とりわけ、ヴェネツィアでのミュッセの重病と錯乱。イタリア人医師が入った三角関係、繰り返されるけんかと、なおもお互いを求め合う狂おしいほどの愛。心をさいなむ激しい嫉妬、絶望、そして憔悴の果ての別離。

やがてミュッセの小説『世紀児の告白』や長篇詩『夜』、サンドの小説『彼女と彼』に結晶する、このあまりにも有名な「ヴェネツィアの恋人たち」のめくるめくような愛の真実が、ロマン主義にわき立つパリ、そしてヴェネツィアを舞台によみがえる。

「歴史学者による脚本」

映画公開と同時に、サンド研究者ベルナデット・ショヴロン（グルノーブル大学教授）著『赤く染まるヴェネツィア――サンドとミュッセの愛』が出版された。『ヌーヴェル・オプセルヴァトゥール』誌は昨秋から今年初めにかけての、演劇・映画・出版・展覧会・朗読会等、いわば「サンド―ミュッセ キャンペーン」を大きく報じ（同誌一九九九年九月十六―二十二日号）、『赤く染まるヴェネツィア』を「歴史学者による脚本」と評した。著者は二人が交わした手紙を中心に、サンドの日記、紀行文、自伝等、またミュッセの詩作品のテキストから、大革命とナポレオン没落後の社会の中で実現すべき理想を見失い、信仰を喪失して憂愁と絶望感の中にさまよう、ロマン主義時代の若い世代を代表する二人の心のひだの一つ一つに光を照射して、「ヴェネツィアの物語」を再構築した。さらに、当時の資料を丹念に渉猟し、細心の歴史的考証でヴェネツィアの光と影――当時のフランスでは未知であったモザイクに代表されるその芸術の精華、風物、そしてオーストリアの支配下での市民たちの日常生活を細部まで見事に浮き上がらせた。

▲映画『年下のひと』のポスター

「後世は僕たちの名をもはや切り離すことのできない不滅の恋人たちの名として繰り返すだろう、ロミオとジュリエットのように、エロイーズとアベラールのように。一方のことが語られれば、必ずもう一人のことが語られるだろう。」

（ミュッセからサンドへの手紙）

（もちだ・あきこ／九州産業大学教授）

赤く染まるヴェネツィア
サンドとミュッセの愛
B・ショヴロン
持田明子訳
四六上製　二二四頁　一八〇〇円　口絵四頁

ブローデルが築き上げた二十世紀「人文社会科学の帝国」の全貌を探る！

ブローデル総点検

浜名優美

ブローデルの影響を冷静に分析

『エスパス・タン』という雑誌は文字通りに訳せば「時空」。副題には「社会科学を考える」とある。編集長はクリスティアン・グラタルー。毎号、挑発的な特集号を組んで、社会科学の革新に貢献している小さな雑誌（部数千部）である。その第三四／三五号（一九八六年）がフェルナン・ブローデルを特集した。題して、「ブローデル総点検。歴史学の帝国下における社会科学の日常生活」。特集号の編集責任者はのちに『粉々になった歴史』で「新しい歴史」を検証・批判したフランソワ・ドス。この特集号が出たのは、ブローデルの死から一年後。

私のようにブローデル研究に入り込んだ者にとって、すでに十年以上も前の特集であろうとも、ブローデルがフランスでどのようにとらえられているかを知るには、格好の案内書である。我が国でほぼ同じ頃にブローデル案内を編集したのは井上幸治氏一人であるが、それを企画したのは現在の藤原書店社長藤原良雄氏にほかならない。

このたび『エスパス・タン』ブローデル特集号を『ブローデル帝国』という題で出版することにした。雑誌の企画はブローデルの生前から立てられていて、ブローデルとのインタビューも一九八六年に予定されていたが、不幸にして雑誌発行前にブローデルが逝去したために実現しなかったものの、本書はブローデル総点検として読むことができる。なお、本書のもとになった雑誌の特集号の題は掛け詞になっていて、別の意味では文字通りには「興奮するブローデル」、すなわちブローデルがマスコミにおいてもてはやされ、ブローデル現象がフィーバー状態にあったことも指している。

全体の構成
——出来事、変動局面、構造

全体は三部構成で、『地中海』以来なじみ深い「出来事、変動局面、構造」となっている。

第Ⅰ部「出来事」には、フランソワ・ドスの総括から始まって、八六年当時『アナール』の編集責任者マルク・フェロー、ジャック・ルヴェルへのインタビューやジャック・ル＝ゴフによるやや批判的なエッセイがあり、それぞれブローデルとの関係の濃淡を語っている。さらにアナール派と史的唯物論の接点を探る、フランス革命の専門家ミシェル・ヴォヴェルへのインタビューも収められている。ほかに雑誌編集委員による論文がある。各著者がブローデルから直接、間接に受けた影響の大きさを語って、ブローデル批判も含めて、戦後フランスの歴史学においてブローデルが果たした役割の大きさがよくわかる。

　ミシェル・アルテンによれば、マスコミにブローデルが登場するのは、『地中海』の英語訳の出現と世界経済の危機との偶然の一致による。歴史家ブローデルの予見性がマスコミには必要だったのである。

F・ブローデル（1902–1985）

経済学者と経済史家の違い

　第Ⅱ部「変動局面」は経済史家としてのブローデルの点検で、主に経済学者がとりわけブローデルの市場、交換、資本主義についての独特の思想を「経済=世界《エコノミー・モンド》」というキーワード中心に論じている。なかでもウォーラーステインによる「経済=世界」についての証言は貴重である。

　経済学者と経済史家の違いを十分に認識していなかった私は、実はこの第Ⅱ部に最も強烈な印象を受けた。とりわけ、資本主義の成立をめぐる議論は、ブローデルが十分に理論化を行なうことをせずに、歴史的事実の記述によって説明しようとしたことの評価をめぐって肯定・否定が分かれるところである。

　第Ⅲ部「構造」には、フランソワ・ドスによるレヴィ=ストロースとブローデルの「構造」概念をめぐる分析、ブローデルの「全体性」は「現実世界の様々な水準における単なる総和」にすぎないという批判など興味深い指摘があるし、また地理学者ペギーによれば、ブローデルの地理学はヴィダル=ド=ラ=ブラーシュの地理学の範囲を越えず、したがって最新の地理学からすれば、古い地理学に依拠しているそうである。

　全体としてブローデル礼賛のトーンが強い構成であるが、なかにはかなり手厳しい批判も収められていて、編集者の客観的な姿勢がうかがえる。

（はまな・まさみ／南山大学教授）

ブローデル帝国
フランソワ・ドス編
浜名優美監訳
山上浩嗣・高塚浩由樹・坂本佳子・尾河直哉訳
A5上製　予三二〇頁　予三六〇〇円

連載　バルザックがおもしろい　17

地上げの顛末

阿部良雄

不動産投機を行なう「黒の徒党」

セレクションに入っていない作品で申しわけないが、『村の司祭』(初出一八三九年)について語りたい。昨年の春、「日本フランス語フランス文学会」の総会を神奈川大学キャンパスで開催した時、講演に来て下さった大江健三郎氏が、この小説がいかに面白く、謎に満ちているか、力をこめて語り、この時代の事情を知らないと分り難いところがあるかも知れない、と指摘された。それに喚起されて、bande noire という語が浮び上がってきたのだが、それで『村の司祭』の謎が解けてしまうというものでもない。

「あの解体同盟《バンド・ノワール》と呼ばれる名高い結社」は、女主人公ヴェロニックの父親ソーヴィアの提案によってパリに創設されたものということになっている(東京創元社版全集第二一巻、加藤尚宏訳、以下同様)。

オーヴェルニュ地方の田舎を回って、古鉄、銅製品、鉛製品など金物《かなもの》一切を回収することから始めて、次には鋳物の商売に手をつけ、「一七九三年には、国家の命によって公売に付された城館を一つ手に入れて、それを解体した」のであり、これに味をしめて文化財破壊行為《ヴァンダリスム》に猛威を振うことになった一団が黒の徒党《バンド・ノワール》と呼ばれたのは、不動産投機を主要目的とするこの集団が、地方の鋳物職人、鍋釜製造業者などを主な構成員とするものだったからだと言われる。

「黒の徒党」への評価と糾弾

革命後の土地所有権の移転過程に暗躍した「黒の徒党」が文字通りのにくまれ役《ベート・ノワール》として、怪物の役割を負わされているわけだ。王政復古時代、王党派の詩人・論客として活躍した若き日のヴィクトール・ユゴーは一八二四年「黒い徒党」と題する叙情詩《オード》を発表して、破壊者を糾弾し、先祖の残してくれた遺跡を敬うようにと呼び掛け、戦闘的な文章を次々に発表したが、そこでは「ヴァンダリスム」の肖像を擬人化し、革命による社会的勝利者としての「ブルジョワ」の相貌の下に描いている。

しかし知識人の側でも王政復古に反対の立場をとるポール＝ルイ・クーリエなどは、「黒い徒党」による土地や不動産一般の破壊、それに基づく投機は、諸産業の発展をもたらすものであるとして、肯定的に評価した。このあたりにおそらく、『村の司祭』

の根本的な主題（あるいは、その反面）があると言えるようだ。

「自然」の救済としての開発

　隠された罪を身に負うヴェロニックは、自らの巨大な財を投じてダム建設や農地開発を行なうことをもって贖罪のあかしとするのだが、そこに追求されるのはカトリックの信仰と結びついた「自然」の救済であり、表層的な開発ではない。痘痕で醜くなっている彼女の顔が一途な情熱を帯びるような時に輝き出すのは、「自然」と人間とが深層的な次元で交感するところに成就する神秘である。地上げによって破壊の痕跡をつけられてしまった母なる「自然」が、金物、鋳物の暴力を払いのけて本来の肥沃さを回復し、光り始める瞬間。罪を負う者たちにも救済を豊かに恵む、恩寵の肥沃さ。

　だからと言って、宗教小説、ないし宗教的なユートピア小説として読んでしまえばすむというものでもない。ここにはさらに、グランド・ゼコール批判の一節が読まれる。理工科学校《エコール・ポリテクニック》や国立土木学校《ポン・ゼ・ショッセ》の不毛が、登場人物の書簡や会話を通じて批判される。学校制度と結びついた、中央集権的官僚体制の本質的な非生産性、凡庸性が記述されるのである。ヴェロニックの下で土木工事などを指揮することになるジェラールとは、グランド・ゼコール系の組織を脱して地方分権的な企図に賭けてみようとする人物に他ならない。

　バルザックの一篇の「鍵」をいささか確かめてみて、さてそこで何が分ったか。一方では確かに、その時代との具体的なかかわりを僅かなりとものぞき見ることで分ってきた面もある。他方、二十世紀末のわれわれが抱えている問題のおかげで、バルザックとその時代が分り始めたのであることも間違いないようだ。

（あべ・よしお／東京大学名誉教授・帝京平成大学教授）

発刊の辞

学芸総合誌『環』をここに発刊する。

二十一世紀を目前に控え、われわれ日本人はいったいどこに立っているのか、どこへ行こうとしているのか。われわれは先の見えない混沌の中にいる。今こそ、世界史のダイナミズムのうちに、みずからが存在していることを自覚しなければならない。

認識すべきは、細分化していった近代の諸学が、みずからを歴史的主体とする意識を決定的に欠いていたということである。学問の真の目的は、現実をどう認識するか、にある。しかし現実は、諸学の狭隘な視野を越えるトータルな知と、大地に立って物事の本質を摑む歴史意識において、はじめて姿を現すものなのである。今われわれが混沌の中にいるとすれば、それは、歴史に向かいあう主体のあり方を顕示する学の不在を示している。

必要なのは、学の総合と、学における歴史意識の回復である。そして、それは作り手と読み手の問題意識、現実認識、すなわち歴史認識が、より直接的に反映されうる総合誌においてこそ、試みられるにふさわしい企図であろう。現実を、歴史を、「全体」として捉えるようなトータルな知をこの雑誌で提示していきたい。

過去と未来を見通す

I・ウォーラーステイン

『環』は、熟慮に支えられた意見と議論の場となることをめざしているが、それは、われわれが属する既存の史的システムの構造的な諸傾向の理解にはぐくまれたものであり、ブローデルのいう長期持続《ロング・デュレ》の考えに触発されたものでもある。このような——開かれていると同時に明確な社会的意識を持っており、我々の過去と未来の希望についての、過去の戦略の成功および失敗についての、そして道徳的・政治的選択についての、先取的な議論の場を提供するような——雑誌の必要性は、きわめて切実である。

（山下範久訳）

新たな試みを

P・ブルデュー

わたくしが新しい雑誌に抱いている期待は、わたくしが藤原書店とはどのような出版社であるかをよく知っているからこその期待であることをご理解いただきたいと思います。

雑誌というのは、どちらかと言うと、それなりの伝統に閉じこもっているジャンルです。しかし藤原氏はその出版活動において完全に自由な立場におられるわけですから、その自由を存分に活用されて、新たな執筆者の発見と、そしてまた、形式面での新たな試みにおいて、創意を発揮されることを期待しております。

（加藤晴久訳）

諸学問の交流の場として

A・コルバン

人文科学において、雑誌とは、研究の場であると同時に、さまざまな考えが交差する場でもあります。

各号ごとに、ある特定のテーマをめぐって組むのでなければ、研究分野が多方面にわたっていても、相互に刺激を与えることは期待できないと思われます。そのテーマは、さまざまな人文科学のなかで専門を異にする研究者たちの、多様な眼差しの下に設定するのです。あるひとつの対象に、多様な眼差しを向けることで、その号に参加する各人の問いかけに拡がりが生まれます。

（渡辺響子訳）

連載

編集とは何か　4

マクルーハンのメディア論

粕谷一希

M・マクルーハンのメディア論は、二度翻訳されて共に版を重ねている。最初は一九六七年、後藤和彦・高儀進両氏の訳で、竹内書店新社から『人間拡張の原理――メディアの理解』という表題で公刊されている。二回目はそれから二十年経った一九八七年、栗原裕・河本仲聖両氏の訳で、みすず書房から『メディア論――人間の拡張の諸相』という表題で出されている。情報社会に入った現代日本社会でも、マクルーハンの理論に持続的関心が高いことを物語っている。というより、情報社会の進展自体の意味を問うことなしに、今日の社会の理解が不可能だからであろう。

ちなみに、マクルーハンの移入は、日本社会に「マクルーハン旋風」を巻きおこしたが、現在、テレビのキャスターとして活躍している竹村健一氏はその初期からのマクルーハン理解者であり、これに関連した著書も出されている。

「メディアはメッセージである」というマクルーハンの命題は、現代人を取り囲む、もしくは現代社会を構成する、さまざまな道具、機械にまで及び、それが発信するメッセージの解釈学である。

いいかえれば、これまで文学は文章の解釈学として発達してきたが、このカナダという新世界に住む文学者は、解釈の対象を衣服、家屋、貨幣から、時計、印刷、マンガ、写真、新聞、自動車、広告、電話、映画、テレビ等々、現代社会の二次環境のすべてを対象として、科学・技術の世界と考えられてきたモノが、ある文学的意味合いのメッセージをもっていることを鮮やかに示したのである。それは文学概念の転換といっても過言ではない。

日本の文学者が、依然として、文章の、あるいはせいぜい、絵画や音楽といった芸術の領域で文学を考えている現状とは面白いコントラストを成している。

現代社会の混沌は時として、これまで自明と考えられてきた諸事物の意味を失わせる。言葉が力を失い、全共闘のようにゲバ棒という暴力がひとつのメッセージとなったり、先生より生徒の方が情報量が多く、既存の教科書や授業が魅力を失い、色あせて、突然、学級や学校が崩壊する。何を編集するか、何を報道するか考える場合、既存の観念、自明の観念として聖域のように検証を忘れることが、もっとも自戒すべきことなのである。

（かすや・かずき／評論家）

連載

パーティ

帰林閑話　70

一海知義

今年は年明けからパーティつづきだった。

主なものだけ挙げても、一月八日、藤原書店十周年記念パーティ、二月六日、京都のバーＫｏＫｏＲｏのこれまた十周年パーティ。そして三月に入ると、私の第二の定年を口実にして、大学側や大学院生、学部学生や昔の卒業生たちが、それぞれ企画してくれて、次から次へと送別パーティが開かれた。

藤原書店のパーティのことは、本誌二月号にくわしいレポートが載っているので、くり返さない。

ただ私としては、いろいろな未知・既知の人々と出会えて、思わぬ収穫があった。

その一つは、私が以前から大好きだった（といっても、別に特別の感情を抱いていたわけではない）女優の佐々木愛さんに初めて会えて、しばらくおしゃべりができたことだった。それだけでなく、近く神戸へ公演にゆくので是非観に来てほしいといわれ、招待状までいただいた。そして一月二十九日、神戸市の文化ホールで「文化座」の公演、水上勉原作「故郷」を観劇した。

佐々木愛さんの熱のこもった演技もよかったが、昔からのファンであるお母さんの鈴木光枝さんが、まるで後光のさす仏さんのように思えて、満足した。

二月六日、同じく十周年記念と称して、京都の都ホテルで開かれたバーＫｏＫｏＲｏのパーティは、出版社のそれとは全く異質なものだった。しかしこれはこれでまことに味わい深い会だった。

バーＫｏＫｏＲｏのママは、陶芸家である。夜はバーに通いながら、不惑の年を越えて芸術大学に入学、無事卒業して、家には窯《かま》もあるという。気のきいたグイ呑みをひねり出したかと思うと、とてつもなくデカイ壺を焼いて、人々を驚かす。

パーティには、二百人を超える老若男女が集まった。

彼女は客たちへの土産に、いくつかの心がこもった品々を用意したが、その一つに『こころ粋《いき》』と題する小冊子（といっても写真やイラストをちりばめたアート紙の豪華本）があった。

バーの歴史と、ママやホステス、多くの客たちの短文や川柳などを編集したものであり、私も求められて駄文を献じた。

私の文章生活も五十年を越えるが、バーへの賛歌を書いたのは、はじめてである。

（いっかい・ともよし／神戸大学名誉教授）

（アイルランド／クロンマックノイズ）

連載・GATI 8

高十字架《ハイクロス》に貫かれた太陽神《クラルテ》？

久田博幸
（スピリチュアル・フォトグラファー）

アイルランドで墓標に使われる十字架には円環がついている。その意味に未だ定説はない。所謂《いわゆる》この「ケルトの高十字架《ハイクロス》」は、ケルト・ブームの渦中で今やアイルランド固有の十字架といわれかねない危うさもある。

しかし、このタイプの十字架は、同じケルト文化圏といわれるスコットランド、ウェールズ、ブルターニュ等に散在するという。また、ドイツの「薔薇《ばら》十字団」のシンボルにも円環状の薔薇の花が十字架と組み合わされている。高十字架にも数種の型《パターン》があるが、特徴的なのは縦・横の両軸《シャフト》に刻まれた、聖書の物語や渦巻き紋であろう。

周知のように、十字架の出現は、キリストの磔刑からではない。キリスト教誕生当初からの象徴《シンボル》でもない。起源の手がかりは、天、神を意味する楔形文字の中に見られる。同時に十字架の形状、十や×は邪視《エブル・アイ》（魔除け）の隠喩《メタファー》であり、両軸に刻まれた渦巻き紋もそれとされる。

ヒントがある。ピレネー山中で、十字軍に葬られた異端カタリ派は太陽の光《クラルテ》を崇《あが》めていた。彼等が滅ぼされた後、太陽神を十字架に架けたかのようなものが現れた。

リレー連載　いのちの叫び　21

弱くあることの方へ

立岩真也

「安楽死」のことが気にかかっている。原語を直訳すれば「よい死」。よいものはよい、とはまずはその通りだろう。しかし「よい死」とか「よい生」とか、きっとまじめな思いから発せられる言葉なのだろうし、今の病院や医療のあり方を思えばもっともな事情もあるのだが、しかしまじめなだけに、つらい言葉のようにも思う。

身体的な苦痛は、適切に対処――これがこの国ではなかなかなされないのだが――がなされればなんとかなる。だから医師による積極的な処置（自殺幇助）の求めはそこから来るのではない。自力で死ねないということは、自分のことができなくなっているということ。いわゆる積極的安楽死の場合、これだけが自殺一般を志す理由に加わる。なにかと自分ができる方がよいだろうとは思うし、それができなくなっていくのはつらいことだ。しかし死にたくないという思いと天秤に載せて、そちらの方が重いというのは、考えてみるとなかなかのことだ。それは、自らを、そして世界を制御することにおいて、人は人であり、人の生は人の生であるという私たちの社会の「人間の価値」「生の価値」のあり方に発する。

つまり弱い人が死ぬのではない。強い人、よい人、強くよい人でありたい人が死のうとする。しかし考えてみると、この価値は、人をたくさん働かせるのには役に立つが、それ以上でもそれ以下でもない。そのことをはっきりさせようと思って、そしてその上でどうやって弱いままでいることができるのかを考えたいと思って、私は『私的所有論』（勁草書房）という本を書いたのだし、その前、共著で『生の技法』（藤原書店）を書いた時もそのことを思っていた。

このことについてもう一つ、「経済」が持ち出される。つまり、人を支える資源には制約があって云々。信じる必要はない。ただこの種の話を一度は正面から受け止めて考えておいた方がよいと思って『思想』の二月号と三月号掲載の「選好・生産・国境――分配の制約について」で考えてみた。

この死の決定という主題についてもいくつか書いたものを踏まえ、まとめたいと思う。ひとまずホームページ http://itass01.shinshu-u.ac.jp/tateiwa/1.htm「五〇音順索引」から「安楽死」をご覧ください。

（たていわ・しんや／信州大学医療技術短期大学部助教授）

三月新刊

初の「女と男の関係」の歴史！

〈藤原セレクション〉

女と男の時空─日本女性史再考（全13分冊）

鶴見和子他監修／河野信子他編

①② ヒメとヒコの時代──原始・古代 上・下

河野信子編

特別エッセー ①三枝和子 ②関 和彦

土偶・土器、ヒメヒコ制、生産手段、婚制と族制、考古学、言語文化などに見る、縄文から律令期の女と男の関係史。〈主な執筆者〉西宮紘・奥田暁子・河野裕子・山下悦子・遠藤織枝ほか

B6変型 ①三〇〇頁 一五〇〇円 ②二七二頁 一八〇〇円

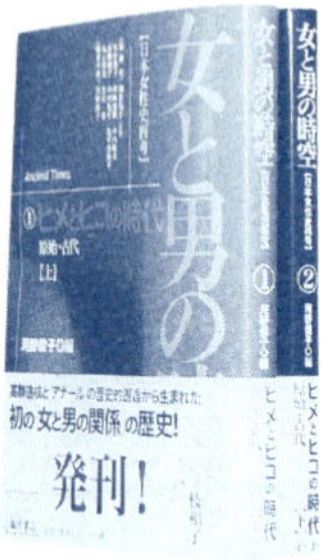

魔法の皮をめぐって展開される欲望の哲学

バルザック「人間喜劇」セレクション 10

あら皮──欲望の哲学

小倉孝誠訳・解説

対談 植島啓司 vs 山田登世子

寿命と引き換えに願いを叶える魔法の皮、「あら皮」をめぐって展開される神秘的小説。「外側から見ると欲望丸だしの人間が、内側から見ると全然違っている。それがバルザックの秘密だと思う。」（植島啓司氏評）

四六変型上製 四四八頁 三二〇〇円

現代経済事情道案内

日本経済にいま何が起きているのか

阿部照男

いま、日本経済が直面している未曾有の長期不況の原因と意味を、江戸時代以来の日本の歴史に分かりやすく位置づける語りおろし。資本主義の暴走をくいとめるために、環境を損なわない経済活動、資源を浪費しない経済活動を提唱する「希望の書」。

四六上製 二五六頁 二四〇〇円

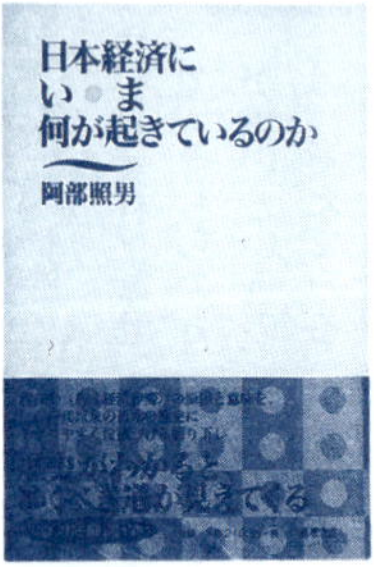

ギリシア、ローマの女と男の関係史

女の歴史（全五巻10分冊別巻二） I 古代 ①

G・デュビィ、M・ペロー監修

杉村和子・志賀亮一監訳

「女と男の関係史」が開く新しい古代観。主要内容「女神とは何か」「ジェンダーの哲学」「ローマ法における両性の分割」「女を形象化するもの」「どんなふうに女を贈与するのか」

A5上製 四七二頁 六八〇〇円

＊諸事情により四月上旬の刊行となりました。

五月新刊

「生きる」とは？　「学問」とは？

内田義彦セレクション　1　〈全四巻別巻一〉

生きるための学問

名著『資本論の世界』の著者であり、経済学の枠を超えた「学問」の意味を「生きる」ことと切り離さず問いつづけた内田義彦。その珠玉の作品を精選、誰にでも読めるよう配列を工夫した、内田義彦作品集の決定版、ついに発刊！
　第一巻は、今学びの門の前にある中学・高校生、そして学問の場のただ中にいる大学生に向けて編んだ、「学問」入門。

初の「女と男の関係」の歴史！

〈藤原セレクション〉

女と男の時空――日本女性史再考

鶴見和子他監修／河野信子他編

③④ おんなとおとこの誕生　上・下
――古代から中世へ

伊東聖子・河野信子編

　性愛の変容、武士の「家」、仏教文化、絵画、王朝文学、庶民の生活などを通して、両義性のなかで読み直す平安・鎌倉期の女と男の関係史。
〈執筆者〉阿部泰郎・津島佑子・藤井貞和・服藤早苗・田端泰子・鈴鹿千代乃・千野香織・池田忍・明石一紀・梅村恵子・田沼眞弓・遠藤一ほか

「人間喜劇」を読むうえでの必携書！

バルザック「人間喜劇」セレクション　別1

バルザック「人間喜劇」ハンドブック

大矢タカヤス編
奥田恭士・片桐祐・佐野栄一・菅原珠子
山﨑朱美子＝共同執筆

　生没年、登場作品、生涯などを解説する「主要人物事典」と「家系図」、「人間喜劇」中の出来事を一つの歴史としてまとめた画期的な「年表」、詳細な「服飾の解説」を収めた、「人間喜劇」をよりいっそう楽しむためのハンドブック。

「ヨーロッパ中心主義」を徹底批判！

リオリエント
アジア時代のグローバル・エコノミー

A・G・フランク
山下範久訳

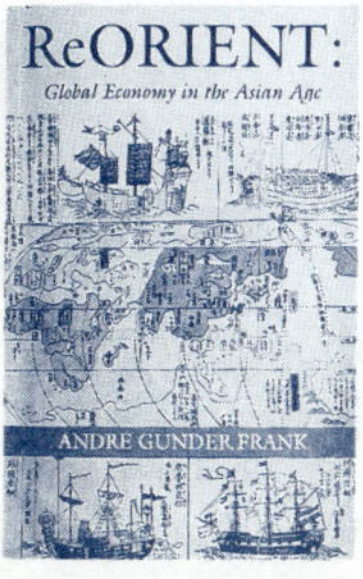

　「近代世界システム」論のヨーロッパ中心主義的歴史像を徹底批判し、地球全体を覆う単一の世界システムの存在を提唱、十五～十八世紀にアジアを中心に展開された世界経済のダイナミズムを初めて明らかにし、全米で大反響を呼んだ画期作の完全訳！

読者の声

ブローデル『地中海』入門■

▼地中海は人間の規距である。前から知っていたのですが、あまりに長く何冊もあるので買うのをやめていた。今回の本、浜名優美氏が非常によい。

（大阪　**中山敏**　68歳）

▼歴史学については門外漢ですが、アナール学派には興味があって、P・バークやJ・ル＝ゴフらによる解説書には目を通していました。ブローデルの『地中海』は、さすがに大部で手が出ませんでしたが、この本を読み、近いうちにじっくりとりくんでみようと、思い立った次第です。

（鳥取　高校教員　**岩田直樹**　38歳）

ラブイユーズ■

▼バルザックは人間的に大好きで愛読しております。

（石川　会社員　**中谷正明**　66歳）

▼「人間喜劇」の一篇でも沢山を日本語訳で読みたいと以前より思っていました。今回その願いが、多少ですが満たされ、よろこんでいます。バルザックは大変おもしろい。

（京都　**吉村規男**　49歳）

▼御社のバルザック「人間喜劇」セレクション、毎回楽しみにして待っています。

（新潟　**佐藤昇**）

金融小説名篇集■

▼本書を拝読し、得るところが多く、面白い企画と思いました。要約が欲しかった。「かねにまつわる文学作品」として日本の西鶴あたりと比較したものが読みたい。叙事詩マネーを書きつづけて十年になりますが、予測した時代となって新聞その他で評価されております。叙事詩「マネー」第五篇目に引用させていただくつもり。

（東京　詩人・金融アナリスト　**森静朗**　73歳）

▼「ニュシンゲン銀行」以外は、創元社の全集で読んでいたのですが、読みやすそうな体裁なので買ってみました。あまりにも読みやすくて既存の全集・個人全集が逆に読みづらくなりそうです。バルザックの魅力は何といっても「量」にあります。このセレクションの「量」ではかなり物足りません。続編シリーズを期待します。

（兵庫　製造業　**朴奎晶**　43歳）

▼本書を興味深く読ませていただきました。

（栃木　**立川多恵子**）

セザール・ビロトー■

▼本書のカバーデザインを見ただけで、手にとり読みたくなりました。敬遠しがちな長編も読む意欲がわき、全シリーズの発刊がとても楽しみです。このようなシリーズで他の作家（プルーストなど）も出版していただきたいと思います。本書のサイズ、厚みのわりに軽いので通勤中も便利に読めます。

（東京　自営業　**杉尾絹子**）

藤原セレクション　地中海■

▼本書を知的興奮を味わいながら読んでいます。まだ第一部を終えた所ですが名著を読んでいる時の楽しさが堪能できます。歴史に興味があり、大歴史家の本は出来るかぎり読みたいと思っ

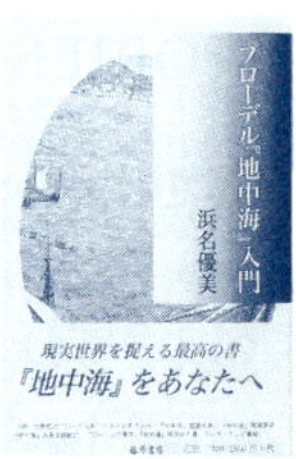

ブローデル『地中海』入門　2800円

ラブイユーズ　3200円

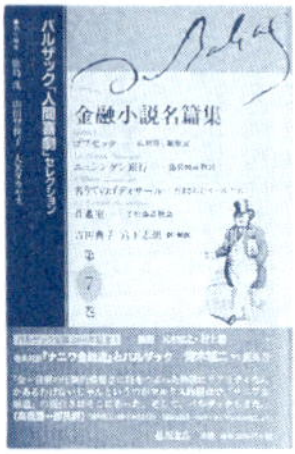

金融小説名篇集　3200円

セザール・ビロトー　2800円

ています。幸い、御社にはミシュレやブルデューがあり、『フランス革命史』その他、『写真論』を読んだことのある身には読書欲をそそられます。願わくばデュマのまだ翻訳されていないものを出版していただければと思います。そのうち本書なみの力作に再び巡り会えることを楽しみにしています。
（北海道　籏山隆二）

▼『地中海』全10巻のご完結大慶に存じ上げます。地中海を回路とする文化の伝播について考慮しますのに、ブローデル氏の『地中海』は、豊富なアイデアを感得させてくれます。ありがとうございました。（静岡　佐藤彰）

▼ハードカバー版をいつの日か購入と思いながらも、財布の中身がついて来ず、本セレクション発刊で遂に念願がかなった。持ち運べる利点もあり、満足。やっと完読、知の醍醐味に舌鼓。本シリーズといい、「バルザック『人間喜劇』セレクション」といい、今時たいした書店があるものだと感心。それにしても採算は？　経費やなんやで元をとれるのかしら？……バルザックの心意気か。
（千葉　会社員　田中純　46歳）

環境学のすすめ■

▼「環境」には前から関心があったがなかなか良い本が得られなかった。明治時代以来の環境変化の歴史があると思うが、この点が明らかにされなければ「環境問題」は解決の糸口を探るのはむずかしい。鍵は先ず、歴史を明かにすること、次に農業、山林業など伝統的な職業を見直すこと、そして経済の本来在るべき姿は何かを明らかにすることだと思います。この本はほとんどの分野も含み、しかも急所を逃さずに書かれていて、入門書としては良い本だと思います。
（東京　会社員　川古谷幸英　54歳）

万有群萌■

▼九年ぶりに再読し、ハガキを出していなかったので書いて送ることにしました。全世界・全宇宙に生存する全生命体の循環機能を破壊しつつある人間（人類）の責任を真摯に受けとめ、正常に機能する社会を目指し、実践活動する野間さんと山田さんの言葉が胸に突き刺さります。本書から万物に宿る生命の美しさ、愛しさ、大切さを肌で理解しない限り環境問題は語れない、ということを教えられたように思います。（大阪　会社員　高橋文義　52歳）

※みなさまのご感想・お便りをお待ちしています。お気軽に小社「読者の声」係まで、お送り下さい。掲載の方には粗品を進呈いたします。

書評日誌（二・二〇〜二・二五）

(書)書評　(紹)紹介　(記)関連記事

二・二〇　(書)読売新聞「ブローデル『地中海』入門」『地中海』を読む」（竹田いさみ）
　(書)三社連合（北海道新聞）「晩年のボーヴォワール」（佐藤亜有子）
二・二五　(紹)ふぇみん「国際ジェンダー関係論」（智・新刊紹介）
二月号　(書)デジタル月刊百科「記録を残さなかった男の歴史」（渡辺公三）
二月上旬号　(紹)出版ニュース「ユートピスティクス」
三月号　(書)フランス語会話「移民の運命」
一・一号　(紹)WOMAN'S EYE「晩年のボーヴォワール」

藤原セレクション　地中海
①1200円　②以降1800円

環境学のすすめ上・下
各1800円

万有群萌
2913円

晩年のボーヴォワール
2400円

◎リレー連載・古本屋風情❹

和本を求めて「地方まわり」

――東京・早稲田 一心堂書店――

東京・早稲田の古本屋街に、水井辰雄さんが店を構えたのはおよそ四十年前。和本を扱い、店売より同業相手の商いが中心だったが、奥様の輝さんが番をしている店頭にも、学生街ということで二十年前まではお客が絶えなかった。

「学生さんが、お茶を飲んだり、ご飯を食べたりしていた。そういう顔なじみのなかには、今、地方で議員をやっている人もいる。」

しかし大学近くの古本屋街も最近ではずいぶんと様変わりしたようである。「不思議なくらい本を読む人が少なくなった。」

戦時、疎開が多かった長野で新刊書店を営んでいたご主人が古本業を始めたのは、終戦後、東京に帰りたいという古本屋から、貨車四両分の蔵書を買い取ったのがきっかけだった。

その後は、資金がたまる度に、「地方まわり」をして（長い時はひと月くらい）、旧家所蔵の、江戸から明治までの和本（古典から一部にしか知られていないものまで）を大量に仕入れ、東京の同業者に売るという商売をやってきた。一番古いものは、七〇〇年頃のものというそれらの本は、特定の地域、旧家に集中的に眠っているのだが、どのあたりにありそうか、勘を働かせ、そうした家の人々といかに接触するかがポイントとなる。

「本のことを教えたがらない。信用されない間は話も聞いてくれない。だから大事なのは話術で、その土地の歴史など、相手の聞きたがっていることを話す。すると、『また来てくれ』となる。親戚や近所の人も集まってくる。そこで『家にもこういうのがあるから買ってくれ』となる。」愛想のいいご主人がそう話す。熱心に学んだ「易」でも人々の関心を惹いたにちがいない。

農地改革から列島改造まで、戦後の急激な変化が、商売の追い風となった。つまり、没落していく旧家が蔵書を手放し始めたのだが、それらが都市に流れていく際の仲介役を担っていたのである。

ところが今日では、それらの本もほとんど出払い、「地方まわり」はできなくなった。旧家から、大学、図書館、資料館等に移動しきったところでこの商売も成り立たなくなったのである。

現在は、娘・みつ子さんの扱う浮世絵等に商売の中心は移っている。海外に保管されているものの方が状態がいいということで、約十年前から海外のオークションに出かけ、自ら競り落としてくるそうである。「ケガもしたけれど、それはいわば授業料」というが、毎年発行の目録の冒頭には、四百万円近い値のついた画が並んでいる。

（記・西泰志）

（新宿区西早稲田二―一〇―六
〇三・三二〇三・五八七〇）

4月の新刊

赤く染まるヴェネツィア ＊
（サンドとミュッセの愛）
B・ショヴロン／持田明子訳
四六上製 二二四頁 一八〇〇円

陳水扁の時代 ＊
（台湾・民進党、誕生から政権獲得まで）
丸山勝
四六上製 二三二頁 一八〇〇円

学芸総合誌・季刊
『環――歴史・環境・文明』創刊号 ＊
菊大判 予三五二頁 二〇〇〇円

5月以降の本

ブローデル帝国 ＊
F・ドス編／浜名優美監訳

▼内田義彦セレクション1（全四巻別巻一）▲
生きるための学問 ＊
内容見本呈

▼藤原セレクション
女と男の時空（全13巻）▲
伊東聖子・河野信子編 ③④
おんなとおとこの誕生 ＊
（古代から中世へ 上・下）

リオリエント ＊
（アジア時代のグローバル・エコノミー）
A・G・フランク／山下範久訳

言語帝国主義とは何か
糟谷啓介・三浦信孝編

地球温暖化と新南北問題
さがら邦夫

気候の歴史
E・ル＝ロワ＝ラデュリ／稲垣文雄訳

3月の新刊

▼藤原セレクション▲
女と男の時空①② 河野信子編
ヒメとヒコの時代 ＊
（原始・古代 上・下）
B6変型 ①三〇〇頁 一五〇〇円
②二七二頁 一八〇〇円

女の歴史I 古代① ＊
G・デュビィ、M・ペロー監修
杉村和子・志賀亮一監訳
A5上製 四七二頁 六八〇〇円

日本経済にいま何が起きているのか ＊
阿部照男
四六上製 二五六頁 二四〇〇円

▼バルザック「人間喜劇」セレクション▲ ＊
あら皮（欲望の哲学）
小倉孝誠訳・解説
対談 植島啓司＋山田登世子
第六回配本 第10巻
四六変型上製 四四八頁 三二〇〇円

好評既刊書

アンペイド・ワークとは何か
川崎賢子・中村陽一編
A5判 三二八頁 二八〇〇円

わが世の物語
（アンナ・ド・ノアイユ自伝）
A・ド・ノアイユ／白土康代訳
四六上製 三三〇頁 三三〇〇円

中国医師の娘が見た文革
（旧満洲と文化大革命を超えて）
張鑫鳳（チャン・シンフォン）
四六上製 三一二頁 二八〇〇円

歌集 **花 道**
鶴見和子 残部僅少
菊判上製 一三六頁 二八〇〇円

＊の商品は今号に紹介記事を掲載しております。併せてご覧戴ければ幸いです。

書店様へ

▼いつもお世話になっております。▼いよいよ学芸総合誌・季刊**『環――歴史・環境・文明』**が創刊です。事前の大量のご注文有難うございます。▼さらに今月は有力な新刊を相次ぎ刊行。東京ではGW公開となる映画**「年下のひと」**原案**『赤く染まるヴェネツィア――サンドとミュッセの愛』**。映画は全国主要都市で順次公開予定。また、全世界注目の台湾総統選挙の結果を受けての緊急出版**『陳水扁の時代――台湾・民進党、誕生から政権獲得まで』**。売り損じなきよう早めに、そして荷動きが止まる連休前に補充をお願いします。▼「東京国際ブックフェア」が今年も今月二十日より四日間開催され、小社も出展致します。サイン会は、好評書**『愛することは待つことよ』『いのち、響きあう』**の著者森崎和江先生を九州からお招び致します。多くの方のご来場を心からお待ちしております。お越しの際は小社ブースにも是非お立ち寄りを。▼**『女の歴史I古代①』**は今月の刊行となります。定期のお客様によろしくお伝えください。

●五月号予告●

「内田義彦セレクション」を推す　木下順二／中村桂子
石田　雄／杉原四郎
山田鋭夫
内田義彦を語る
「気候の歴史」とは？　E・ル＝ロワ＝ラデュリ
『リオリエント』著者インタビュー　A・G・フランク
バルザックがおもしろい　18　木田　元
『女と男の時空』余話　1・2　西宮　紘／松岡悦子
編集とは何か　5　粕谷一希
帰林閑話　71　一海知義
いのちの叫び　22　木崎さと子

・タイトルは仮題

●ご案内●

▼ホームページURLは次の通り。
http://www.fujiwara-shoten.co.jp/
▼小誌購読料は、一年分二〇〇〇円です。ご希望の方は必要事項をご記入の上左記口座番号までご送金いただければ幸いです。
振替・00160-4-17013　藤原書店

出版随想

▼改革論議がかまびすしい。憲法改革、教育改革……。戦後に作られた基本的な法律をはじめ制度の見直しがなされようとしている。日航機が墜落した時、「金属疲労」という言葉が流行ったが、新しく作られた制度もいつかは疲労し、状況にそぐわなくなるときが来る。「制度疲労」を起しているということだろう。法律をはじめ、会社、官庁、大学、学校、病院……、種々の制度や組織が、現状に対応できない状況にあるということだ。どこから手をつけていけばいいか途方に暮れるほど沢山ある。

▼土地の戸籍といわれる「地籍」も相当遅れているようだ。地籍の制度は、日本では太閤秀吉の頃、統一基準で全国的に施行された。封建領主や小農民の土地所有や保有を全国的に確定し、石高制を確立した。世にいう秀吉の偉業、太閤検地（一五八二―九八）である。それが徳川時代にも引き継がれた。明治になって地租改正が行なわれ、地権図が作られた。

　ところが、その後の政府の怠慢ということになるのだろうが、現在、地籍調査実施率は全国平均で四三パーセント。東京都一七パーセント、大阪府一パーセント。因みに、フランスでは、ナポレオン時代の一八〇七年から五〇年かけて完了したという（「産経」3／27付）。一九五二年以来、国土調査法による四次にわたる地籍調査事業をやってきているにもかかわらず、所有権が不明な土地は圧倒的だ。戦後半世紀を越えて新しい世紀を迎えようとしているのに、これだけ多くの土地の地籍が不明瞭であるのは驚くばかりだ。土地の所有権や課税額など個人の利害に直接絡むだけに厄介な面も多々あるだろうが、地価が高い日本であるだけに、官民共に協力して、正確な地籍図作成を一刻も早く急ぐべきだ。そうしておけば、コンピュータ時代の行政の事務の効率化にもつながるだろう。

▼欧米化に、一路邁進してきたこの一五〇年。どんどん取り入れ作業はしてきたが、どれだけ送り出すことはやってきたか。その間に、送り出すべきものを喪失してしまった。それが現在の日本そのものではなかろうか。そういった先人が遺してくれた日本の大切な物や事に心をくだかれ、何とか外国との橋渡しの役を果してこられた宮田登さん。国外との対話・交流を企図して、今月からはじまる新しい雑誌の誕生も心待ちにしておられた宮田さん。度重なった身体疲労と精神疲労によるあまりにも早い宮田さんの死を悼んで、小特集を編んだ。ご高覧願えれば幸いである。合掌。（亮）